El Romance de los Tres Reinos, Vol.I

Luo Guanzhong

Índice

EL ROMANCE DE LOS TRES REINOS

Ficha del libro

Título: El Romance de los tres reinos, Volumen I

Autor: Luo Guanzhong

Traductor: Ricardo Cebrián Salé

Revisión: María Gay Moreno

Portada: Dynasty Warriors Three Brothers, Dynasty Warriors 6, Koei, 2007, usada con permiso explícito de Koei

Para cualquier duda o sugerencia, pueden ponerse en contacto conmigo en: contactar@tresreinos.es

LUO GUANZHONG

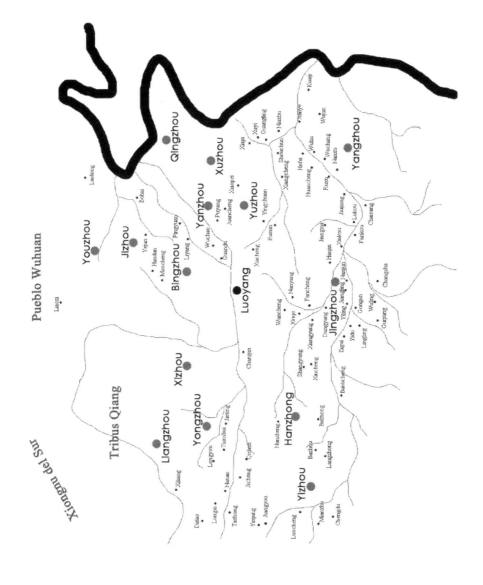

LUO GUANZHONG

Prólogo

Gracias a las nuevas tecnologías este proyecto es posible. Mi obsesión por el Romance de los Tres Reinos comenzó con el videojuego "Dynasty Warriors" de Koei, allá por los principios del milenio. Desde entonces he leído la novela en inglés, jugado a varias de las simulaciones históricas de Koei, y visto numerosas películas y novelas con el inmortal tema de los Tres Reinos.

Este libro es el comienzo de la realización de un pequeño sueño: leer el Romance de los Tres Reinos en español. Como tras casi diez años esperando aún no había ninguna buena traducción disponible, decidí hacerla yo mismo. Así que me subí al carro de la modernidad y compré un dominio, www.tresreinos.es, donde estoy escribiendo la traducción de la novela, capítulo a capítulo. Cada mes subiré un capítulo hasta que haya una buena traducción del chino, acabe la obra o muera en el intento. Como fuente de inspiración tengo www.threekingdoms.com. Sin ellos jamás habría podido leer este maravilloso libro, allá en el 2003.

Mientras tanto y con el objeto de financiarme, venderé copias de la novela siguiendo un orden argumental, con lo que algunos serán más largos que otros. La primera entrega corresponde a los 9 primeros capítulos. Los 4 primeros corresponderían hoy en día al prólogo a todo el resto de la novela. Son unos capítulos que nos presentan a todos los personajes importantes, pero que podrían ser resumidos fácilmente. Hasta tal punto es así, que la última adaptación televisada de la novela, cuyo título en español sería "Tres Reinos", comienza exactamente al final del capítulo cuatro, con Dong Zhuo en la cima de su poder.

En cambio los cinco capítulos siguientes ya nos meten de lleno en situación. Al final de este volumen podréis encontrar un breve comentario a los mismos.

Espero que disfruten esta obra de inmortal belleza tanto yo.

Introducción a la novela

Guerras interminables, acción a raudales, intrigas palaciegas y numerosos personajes que abarcan desde un simple carnicero hasta la aristocracia más refinada. No hablamos del último libro de George R. R. Martin, sino del más antiguo Romance de los Tres Reinos, uno de los libros clásicos chinos escrito hace más de cuatrocientos años y que narra la feroz guerra civil que siguió a la caída de la dinastía Han (220 d.C).

Si un artículo sobre un libro épico chino comienza como un tráiler de película es por una simple razón: el Romance de los Tres Reinos es un libro de pura acción, en el que los personajes luchan a vida o muerte por sus ideales, por la gloria y por la reunificación de una China dividida. Pero a este libro lleno de batallas e intriga no le falta su lado humano y es tan completo que un dicho coreano reza: «Puedes discutir el sentido de la vida después de haber leído El Romance de los Tres Reinos».

Los orígenes del libro se remontan a la propia era de los Tres Reinos (220 d.C-280 d.C), una época de guerra civil en China tras la caída de la dinastía Han, contemporánea del imperio romano. Los numerosos combates y rápidos cambios de esta época sorprendieron a una sociedad que muchas veces ha sido tachada de inmovilista y nada más terminar el período surgió un tratado histórico relatando los hechos, el Sanguo zhi (Crónicas de los Tres Reinos), escrito por Cheng Shou (233-297). Junto a este tratado, numerosos mitos y leyendas populares se forjaron alrededor de los héroes de esta época. Bajo el dominio mongol, estas leyendas ganarían cada vez más fama, hasta que serían plasmadas en el siglo XIV por primera vez en un libro con un carácter moralizante y de corte budista. Sin embargo, esta novela sería posteriormente eclipsada por el Romance de los Tres Reinos, escrito en tiempos de la famosa dinastía Ming por Luo Guanzhong.

La edición más antigua del libro es de 1522 y consta de 24 volúmenes, pero no vio su forma definitiva hasta el siglo XVII, cuando Mao Zonggang y su padre editaron el texto, reduciéndolo y dándole la forma que todavía conserva en 120 capítulos con el título de Romance de los Tres Reinos (vulgarización). Contrariamente a otros textos chinos de la época, fue escrito en su mayor parte en lengua común en lugar del chino clásico, e incluye poemas de grandes maestros chinos como Du Fu (712-770).

Desde entonces la novela ha ganado tanto renombre que es una de las cuatro novelas maestras de la literatura china. Su influencia llega hasta nuestros días y es incluso conocida en occidente (a veces sin saberlo) gracias a videojuegos como Dinasty Warriors de Koei, películas como Red Cliff de John Woo e innumerables novelas, cómics y animes. Hace apenas un año se estrenaba en China una nueva serie de 95 capítulos, cuyo título traducido al español sería: "Tres Reinos".

Hasta aquí un poco de historia, ¿pero qué hace realmente a esta novela tan atractiva?

En primer lugar, el argumento ya es de por sí interesante: la novela no se centra solo en la época de los Tres Reinos, sino que narra la caída de una dinastía víctima de las intrigas palaciegas alrededor de emperatrices, eunucos y "emperadores-niño" hasta llegar a una guerra civil sin bandos definidos. Es de esta guerra de la que surgen los grandes personajes que dan fuerza a la historia y que definen los Tres Reinos: el reino de Shu, dirigido por Liu Bei y sus hermanos por juramento Guan Yu y Zhang Fei, con la ayuda del sabio infalible Zhuge Liang, cuya fuerza serán la piedad y las virtudes confucianas; el reino de Wei, creación de la familia Cao, maquiavélica y eficiente; y el reino de Wu, dirigido por la familia Sun, que se define por su pragmatismo. La novela está llena de personajes secundarios (más de mil en total) que no solo enriquecen la trama, sino que la dotan de idiosincrasia, como Lu Bu, el guerrero perfecto, traicionero y no lo suficientemente listo para llegar a fundar su propio reino.

El elemento fantástico también es importante, y la novela está llena de magia, dioses, contrahechizos y calamidades naturales que anuncian el fin de las eras. Los ejércitos imperiales son derrotados en el primer capítulo por rebeldes que convocan de la nada inmensos ejércitos surgidos de una nube negra. Todo ello se complementa con una narración excelente de lenguaje sencillo, finales de capítulo impactantes y una serie de duelos, intrigas, espías y estrategias ingeniosas que hacen de cada batalla un choque entre voluntades.

A pesar de todo este despliegue marcial, si por algo destaca el libro es por su carácter humano. Estos héroes no solo combaten en una guerra, la padecen. El orgullo militar no forma parte de su carácter; así, cuando Zhuge Liang aniquila a sus enemigos incendiando un valle entero, llora y pide un castigo por sus actos. El deseo por la paz, las lágrimas por los amigos perdidos y encontrados y, sobre todo, la futilidad de la lucha son aspectos muy importantes de una novela que comienza y termina con unos versos dedicados al simple fluir del río Yangtsé, imperturbable a pesar de guerras y batallas.

Ricardo Cebrián Salé, revista digital Imaginarios nº 8

Introducción histórica

No estaba previsto escribir esta introducción a la historia de China, hay muchos lugares mejores que éste para aprender sobre la cultura de esta milenaria nación. Pero al revisar el texto me di cuenta de que tan solo el primer capítulo requería 4 notas a pie de página, así que una mínima introducción se hacía necesaria para cualquier lector que no sea ducho en el mundo chino. Si ya sabéis algo sobre la historia de China, no es necesario que sigáis leyendo.

Las primeras dinastías Xia (夏) y Shang (商)

Tras una época de reyes santos y emperadores míticos (comenzando por Huangdi, el emperador Amarillo), el Gran Yu derrotó a las inundaciones y fundó la dinastía Xia. Ésta es la primera dinastía china que se conoce, situada entre el 2000 y el 1500 a.C. y cuya existencia se consideró tan mítica como el emperador Amarillo hasta mediados del siglo XX. Situada en el centro de la zona loess de China del Norte, lo cierto es que se sabe muy poco sobre ellos.

La dinastía Shang, 1700-1027 a.C., es mucho más conocida. Los Shang, se situaban al este del loess estableciendo su primera capital en Zhengzhou con un área de 25 kilómetros cuadrados y rodeada por una muralla de tierra apisonada con un perímetro de 7 km. Para construir semejante muralla se necesitó de 10.000 hombres durante más de diez años. Su capacidad de movilizar a la población para grandes obras sería característica del Estado chino hasta nuestros días.

Probablemente tras agotar las minas de cobre y estaño de la región (necesarias para producir el bronce para sus ceremonias religiosas) y de otras siete capitales se trasladarían a Anyang. Con un área de 24 kilómetros cuadrados, la ciudad, que carecía de murallas, muestra el esplendor de los Shang. Disponía de una gran fundición de bronce de 10.000 metros cuadrados.

Su emperador más famoso fue Wu Ding que reinó aproximadamente en el 1200 a.c. La tumba de Fu Hao, una de sus ochenta y ocho mujeres, contenía 16 personas sacrificadas, una tonelada y media de objetos de bronce, 755 jades, 564 objetos de hierro, 110 de mármol, turquesa y otras piedras, 70 esculturas de piedra, 3 piezas de marfil y 7.000 cauris. Dado que en realidad ésta es una tumba menor, la magnitud de las tumbas Shang es difícil de imaginar.

Tres elementos caracterizan los restos arqueológicos Shang: los bronces, los huesos oraculares y los sacrificios humanos. En una de las tumbas de Anyang se encontraron 90 cortesanos, 74 de ellos decapitados. Estos sacrificios debían ser realizados por los sucesores de los reyes Shang para mostrar su legitimidad.

Los huesos oraculares eran, como su propio nombre indica, huesos empleados para la adivinación. Los huesos de bóvido o caparazones de tortuga se preparaban haciéndoles una serie de agujeros y dividiéndolos en partes escrupulosamente iguales, simétricas y numeradas. Se creaban dos versiones de cada adivinación, una positiva y otra negativa en cada lado de la tortuga y al aplicar punzones ardientes sobre los agujeros se creaban unas grietas que determinaban que versión del oráculo se empleaba. Más tarde se tomaban apuntes sobre lo que realmente había sucedido para mejorar los métodos de adivinación. Este sistema estaba muy arraigado en Asia Oriental y en la zona de las estepas, y muchos siglos después Atila lo emplearía para conocer el resultado de sus batallas. Para conseguir estas tortugas era necesario criarlas o importarlas, consiguiéndolas en forma de impuestos procedentes de las marismas del Yangzi central. Los apuntes realizados en ellos, son el origen de la escritura china.

Los temas más consultados eran la idoneidad de los sacrificios, las campañas militares, el tiempo (para las cosechas) y los tributos. Los adivinos con la comprobación de los hechos, controlaban el futuro y el pasado. Registrando los oráculos disponían del control de la información por lo que según el poder real fue creciendo, éste asumió mayor control sobre el poder adivinatorio, convirtiéndose con el tiempo en el único adivino. Aparte de las adivinaciones no ha sobrevivido ningún escrito Shang.

En cuanto a los bronces, los Shang desarrollaron la mayor industria del bronce del mundo antiguo. Como muestra de ello, el Si Mu Wu fangding, un gran recipiente cuadrado con cuatro patas, encontrado en las tumbas reales de Anyang, pesa 875 kg y es el bronce más grande del mundo antiguo. Estos bronces contenían ofrendas sólidas o líquidas para los sacrificios y estaban decoradas con animales, relataban la voluntad de los dioses, que era interpretada por los adivinos.

EL ESTADO SHANG:

Pero lo que mantenía cohesionado al Estado Shang era el ritual. El eje de la religión china era la familia, el culto a los antepasados y el parentesco. Los reyes Shang eran los más cercanos genealógicamente a sus antepasados reales. Los reyes Shang participaban (y acabaron acaparando) las adivinaciones y, por lo tanto, comprendían el funcionamiento del Universo y podían intervenir en él.

Este carácter religioso, apoyado en la aparición de la escritura permitió la organización del Estado. Que este Estado sobreviviera dependía de la acumulación de recursos por parte del mismo. Esto no se produjo por el empleo de nuevas tecnologías (similares a las del Neolítico en el campo) sino gracias a la guerra y los impuestos. Los impuestos no eran regulares, como marca el hecho de que se realizaran adivinaciones sobre ellos, aunque los Shang si tenían capacidad para movilizar a la población para construir murallas, edificios e ir a la guerra.

Para la guerra, podían movilizar de 3.000 a 5.000 campesinos, llegando incluso a organizar ejércitos de 10.000 hombres. Las batallas las decidían los carros que aparecieron alrededor del año 1200 a.C. por influencia del Próximo Oriente. Dichos carros, de caja cuadrada y timón curvo, eran tirados por dos caballos enjaezados a un arnés de collar y cincha, el único método que se conocía entonces. Empleados para la guerra y la exhibición, los carros (車) serían el núcleo de sus ejércitos durante siglos. La finalidad de la guerra era el botín, formado principalmente por esclavos para los trabajos forzados y los sacrificios.

EL TERRITORIO SHANG

El rey Shang era ante todo el primero de su linaje. Este linaje establecido en ciudades amuralladas, a menudo se escindía en ramas secundarias que establecían una nueva ciudad a imitación de la anterior y jerárquicamente subordinada a ésta. El estado Shang era, por tanto, una alianza entre linajes bastante informal y sin fronteras definidas. Las ciudades tenían funciones administrativas y rituales estando rodeadas por numerosas poblaciones agrícolas.

La capital era aquella ciudad donde estaba el rey y se trasladaba según los recursos naturales de la zona eran agotados. El rey Shang solía dirigir campañas militares, reclamar impuestos y participaba en amplias cacerías que servían de entrenamiento militar. Para mantener unido el sistema, se crearon una serie de caminos y campamentos que comunicaban los puntos estratégicos.

Conviviendo con los Shang había numerosos estados que aceptaban su supremacía ceremonial y acabaron copiando sus métodos. También había numerosos pueblos no chinos cuya cultura difería por completo (los bárbaros interiores).

Los Zhou Occidentales (1027-771 a.C.)

Mencionados en los huesos oraculares Shang y en los Clásicos, la dinastía Zhou (周) es mucho más conocida que las anteriores. Situados en la cuenca del río Wei los Zhou mantuvieron contactos tanto con las tribus de las estepas (mundo al que pertenecían) como con los chinos Shang de los que poco a poco irían copiando su modelo. Los Zhou acabaron estableciendo establecimientos de tierra apisonada, realizando los rituales Shang y hablando y escribiendo su lengua.

LA VICTORIA ZHOU

Según la historiografía Zhou, el último de los reyes Shang era malvado y borracho, organizando orgías en las que él y sus mujeres se bañaban en vino. Para colmo de males se dejaba influir por su mujer, por lo que favoreció demasiado a su linaje.

Las borracheras del último rey Shang se consideraban actos sacrílegos, ya que el vino se empleaba para los rituales. Por tanto, los Zhou debían reimponer el orden.

El primero en intentarlo fue Wenwang (wang=rey, 王) que acabó en prisión. Sería su hijo, Wuwang, el que en nombre de su padre formaría una coalición con varias tribus y derrotaría a los Shang en la batalla de Muye tras reunir "trescientos carros, tres mil hombres ardientes como tigres y cuarenta y cinco mil soldados armados con corazas" según las "Memorias históricas" de Sima Qian. Para los Zhou no fue difícil aliarse con las tribus de la periferia ya que estaban hartos de ser atacados para los sacrificios rituales. Dos años después de su victoria, Wuwang murió dejando el poder en manos de un niño que acabaría siendo manejado por Zhougong, el duque de Zhou.

Zhougong, considerado como modelo de estadista por Confucio, completó la conquista del territorio Shang, consolidando tanto el feudalismo Zhou como la teoría del Mandato del Cielo, que marcaría el Estado Zhou.

EL ESTADO ZHOU

*Legitimización ideológica:

Tras vencer a los Shang, los Zhou se establecían como los restauradores del orden ya existente y crearían la teoría del Mandato del Cielo Esta teoría, mantenida durante todo el imperio, marcaría la aparición de una nueva divinidad, Tian (天) el Cielo. El Cielo, como fuerza moral primigenia, crea y mantiene el orden y la armonía sin entrar en contradicción con otros dioses o espíritus. El cielo es el único capaz de dar el poder y aquel que lo ejerce es el Tianzi (el Hijo del Cielo). El rey tendría, entonces, un poder de carácter divino. Este poder, sin embargo, no estaba ligado a ninguna dinastía y dependía de la virtud del soberano y de su pueblo. Si el soberano no merece el poder, el Cielo se lo quita en forma de rebelión. Este punto de vista legitimaba la rebelión Zhou y daría un componente cíclico a la existencia de las dinastías que tendrían una época decadente a la que seguiría su desaparición. Así está expresado en el Shujing, el Clásico de los Documentos.

*El feudalismo Zhou:

Con o sin Mandato del Cielo, lo cierto es que los Zhou eran muy pocos y necesitaban gobernar sus nuevos territorios. El rey Wuwang tras la batalla de Muye repartió una serie de feudos entre los pueblos que le habían apoyado y los restos de la nobleza Shang, creando una estructura jerárquica feudal que se basaba en el sistema de linajes Shang. Por lo que el rey Zhou actuaba tanto como cabeza de clan como de figura religiosa.

Los nobles eran las Cien Familias o Cien Apellidos ya que los campesinos, que estaban bajo su autoridad directa, carecían de apellidos. Sin embargo el poder de los nobles no era ilimitado y el Estado Zhou disponía de un entramado burocrático con el que administrar sus dominios y apoyado en documentos escritos. Es cierto que todos estos funcionarios eran nobles, pero aún así el poder del Estado seguía vigente.

EL FINAL DE LOS ZHOU OCCIDENTALES

Tras conseguir una época de paz y prosperidad que duraría siglos (para los pueblos chinos ya que los Zhou se enfrentarían continuamente a los bárbaros tanto interiores como exteriores), los Zhou serían vencidos por una alianza de tribus del noroeste. Según la leyenda, Yongwang, el último rey Zhou, que no veía sonreír nunca a su mujer; encendió los fuegos de la muralla para convocar a los nobles bajo la amenaza de un ataque bárbaro. La broma divirtió a la reina, pero su repetición hizo rebelarse a algunos señores feudales, aliándose con los bárbaros.

Derrotados, los Zhou trasladaron su capital a Luoyang, mucho más protegida y al Este, comenzando el período de los Zhou Orientales.

Los Zhou Orientales (771-221 a.C.)

Cuando las tribus bárbaras derrotaron a los Zhou, estos no tuvieron más remedio que trasladar la capital a Luoyang, situada al Este. Comenzaba el período de los Zhou Orientales.

PRIMAVERAS Y OTOÑOS

La época de Primaveras y Otoños (770-463 a.C.) o Chunqiu: (春秋时代) comenzó tras su derrota. Los Zhou perdieron su papel preeminente y China quedaría dividida en numerosos principados bajo el control de linajes locales que se remontaban en muchos casos a compañeros de los primeros reyes Zhou.

Estos principados (que seguían reconociendo la soberanía ritual Zhou), estaban marcados por una sociedad feudal basada en los rituales y los precedentes. Se hallaban divididos en dos grandes bloques: los "Principados del Centro" (Zhongguo) conservadores de la tradición y establecidos en la Llanura Central y los periféricos cuyo poder fue acrecentándose.

Esta época estuvo marcada por las grandes guerras y la rivalidad entre estos estados. Especialmente a partir del siglo VIII cuando aparecen las hegemonías. Estas hegemonías en principio estaban concebidas como alianzas por juramento contra los bárbaros del norte, cuyas incursiones se multiplicaron durante la segunda mitad del siglo VII y estuvieron lideradas por Qi y Jin.

Pero en el siglo VI, Chu derrotó al reino de Jin y, desde entonces, las hegemonías fueron impuestas por los reinos más poderosos.

Esta rivalidad entre los grandes principados obligó a reforzar el poder del estado y su intervención en la economía. La aparición de las primeras leyes grabadas sobre bronce y la concentración de poder en manos de unas pocas familias en lucha entre sí serían las pautas que marcarían la decadencia de la sociedad feudal y tradicional. Estos cambios se incrementarían a partir del siglo V, una época de guerras interminables.

LOS REINOS COMBATIENTES (戦国時代)

A pesar de todo, al finalizar la época de Primaveras y Otoños, la sociedad China todavía podía definirse como "feudal". Durante el período Chunqiu, la guerra era una actividad noble en la que los linajes aristocráticos se enfrentaban con sus carros y los combates estaban regidos por un código de honor. Pero el carácter de estos enfrentamientos fue modificándose según avanzaba el período de los Reinos Combatientes y, con las batallas, cambiaría toda la estructura de China.

China-260 a.C.

*Cambios tácticos:

Finalmente, los principados chinos se lanzaron a la conquista de territorios. Según se desarrolló la infantería (siglo VI) y la guerra de sitios (siglos IV-III) dejarían obsoletos los enfrentamientos de carros de los nobles para pasar a guerras a gran escala dirigidas por militares profesionales (el famoso "Arte de la guerra" es de esa época). A esto hay que añadir el empleo de nuevas armas tales como la caballería y la espada (traídas de as estepas) que darían una mayor movilidad a los ejércitos. De esta forma podían combatir lejos de los caminos, lo que traería consigo una innovación en el vestido: el pantalón. Ideal para montar a caballo.

Durante estos innumerables conflictos, los estados de la llanura central, demasiado tradicionales para adaptarse a los nuevos tiempos, fueron barridos. Esto sólo dejó siete potencias: "los tres Jin", surgidos de la división de Jin: Han Wei y Zhao; el reino de Qi, Yan, Qin y Chu.

Estos estados desarrollarían alianzas entre sí y construirían murallas para defenderse de las tácticas de caballería de los nómadas de las estepas y de los otros principados.

*La administración del Estado:

En parte obligado por las guerras, en parte apoyándose en ellas, los estados chinos necesitaban incrementar su poder y recursos. A su disposición tenían dos caminos: arrebatárselos a la nobleza o a otros principados. Para ello la conquista de territorios era fundamental. Las conquistas no formaban parte del entramado feudal y podían ser organizadas de manera más eficiente, estos nuevos distritos serían denominados xian y administrados por funcionarios procedentes de la baja nobleza (los shi), pagados por la administración central y revocables. Como característica particular, estos funcionarios debían recibir educación y preparación a cuenta del estado. Característica que se debe a las enseñanzas de Confucio.

El sistema de los xian se iría extendiendo poco a poco a todo el territorio, y con las victorias de los Qin se implantarían uniformemente en todo el imperio.

Otro sistema particular de los estados chinos fue la división entre las funciones militares y civiles, ya que lo xian estaban agrupados en distritos militares (jun).

*Cambios económicos:

Con el deseo de "enriquecer al estado" y "reforzar los ejércitos", surgieron numerosas corrientes de pensamiento que, entre otras cosas, se fijaron en cómo mejorar la economía. Así se promovió la roturación de nuevas tierras, el desecamiento de pantanos, drenaje de tierras salinizadas y grandes obras hidráulicas. Todo ello acompañado del empleo de fertilizantes e instrumentos de hierro fundido que sustituirían a los de piedra. Estas nuevas tierras incrementarían los ingresos del estado y su capacidad militar.

Esta revolución agrícola permitió un boom demográfico que a su vez vino acompañado de una mejora de las comunicaciones (necesaria militar y diplomáticamente) que permitiría un incremento sustancioso del comercio. Como prueba de ello, en la India aparecería seda del reino de Qin en los siglos IV y III a.C. Este comercio no estaría restringido sólo a los productos de lujo, sino que con el incremento del tamaño de las ciudades, los tejidos, los cereales, la sal y los metales también serían vendidos en los mercados de unas ciudades en pleno crecimiento. Este comercio en auge permitiría la difusión de la moneda (en forma de azadón, cuchillo, cauris y las piezas circulares con agujero central cuadrado del reino de Qin) y la aparición de grandes comerciantes que se convirtieron en consejeros influyentes en los principados.

Todo este crecimiento estuvo acompañado de grandes innovaciones técnicas como la fundición de hierro, el carro de timón y el arnés de collar y cincha. Estos adelantos (que no se verían en Europa hasta finales de la Edad Media) conducirían a una auténtica producción en serie de artículos de hierro y a una mayor capacidad de transporte. -Cambios en la sociedad

La búsqueda de poder por parte del centro, las transformaciones económicas y militares; acabarían por arruinar a la nobleza. La base del nuevo estado sería el campesino, dueño de tierras y reclutable en los ejércitos. Estos campesinos podían optar ahora por los honores y rangos del ejército (y más de una dinastía sería de origen humilde) pero también se volvió vulnerable a los avatares económicos. Según la riqueza de los mercaderes fue aumentando, lo hizo también el número de esclavos por deudas, arrendatarios y campesinos arruinados que trabajaban en las fundiciones de hierro y en las minas.

La filosofía China

Fruto de esta época turbulenta, surgen en China una serie de corrientes de pensamiento, que tratan de discernir cómo crear, un futuro, un hombre y un estado mejor. Varias de estas líneas de pensamiento, conocidas como las Cien Escuelas, han tenido continuidad hasta nuestros días.

EL CONFUCIANISMO

Confucio vivió en el 551-479 a.C. al final del período de Primaveras y Otoños en China. La dinastía reinante (la Zhou del Este) había perdido gran parte de su poder en manos de los diversos señores feudales y la sociedad, el estado y la guerra cambiaban rápidamente pasando de una época pacifica y con relativa igualdad social donde las guerras serían cortas y llevadas por los nobles a una época de feroces guerras y competencia que sería el período de los Reinos Combatientes.

En este contexto cada vez más competitivo, el racionalismo empieza a desplazar las viejas prácticas y ritos y a aquellos especialistas que los realizaban (los ru) que pasaron a dedicarse a otros menesteres como la enseñanza. Confucio es el último y el más grande de ellos, ya que después de él el término definiría a sus seguidores.

En cuanto al hombre, puede extrañar que no haya mucho que contar. Confucio no es un héroe ni un Mesías. Inteligente, sabio, aficionado a la caza y a la pesca, dedicó su vida al aprendizaje y trató de emplear sus conocimientos para mejorar el mundo. Nacido en el estado de Lu, un pequeño reino en el estado de Shandong, creó un grupo de discípulos que a su vez eran especialistas en política de todo tipo y que viajó de estado en estado ofreciendo sus servicios. No lo consiguió, rechazado en todas partes volvió a su estado natal para dedicarse a recopilar los clásicos y enseñar a sus discípulos.

*Las analectas de Confucio (Lunyu)

Lo que no hizo Confucio fue escribir ningún libro. El Lunyu, más conocido en occidente como "Analectas", es una recopilación de las conversaciones entre Confucio y sus alumnos recopilada entre su muerte (479 a.c.) y la de Zisi, su nieto (402 a.c.), si bien la versión actual del texto pertenece al siglo III de nuestra era.

El libro consta de veinte secciones, de las cuales las nueve primeras parecen corresponder a los textos más antiguos, mientras que las dieciséis y diecisiete no son de una fuente cercana a los estudiantes de Confucio y la 18 y partes de la 14 son posteriores, conteniendo incluso historias anticonfucianas en las que el Maestro se enfrenta a extraños eremitas frente a los que se queda sin habla (seguramente taoístas). Hay que considerar que Confucio ni escribió el libro ni estandarizó su pensamiento, por lo que son estas secciones que no tienen que ver tanto con él en los que abundan las definiciones que luego se pueden encontrar en muchos libros de historia, mientras que las primeras son mucho más alegóricas. De hecho Confucio esquivaba las definiciones exactas, determinando que lo que cada uno debía aprender era diferente (11.22 por ejemplo).

*Los temas de la obra:

El Lunyu se centra en una serie de temas, mostrados de diversas formas a lo largo del libro y que son los siguientes:

1) La ideología de Confucio y los conceptos clave para seguirla

Confucio trata de explicar el caos de su tiempo y de darle una solución. De modo parecido a los taoístas llegaría a la conclusión de que el hombre ha abandonado la Vía (道) del Cielo (天), si bien no coincide con ellos en esta Vía. Dónde los taoístas proponen la inacción, Confucio propone un mundo basado en la gran época Zhou, donde se seguían los rituales y había justicia.

Para ello está el hombre noble (xunzi 君子), cultivado, generoso y bueno es la clave del cambio. Hombres educados en el amor a la humanidad (ren 仁) y la piedad filial (xiao 孝), que lo mismo pueden ser grandes ministros como hijos devotos y que siguen el ritual por encima de todo (li 禮).

Esta explicación puede parecer, y parece, confusa, pero las propias ideas de Confucio son en sí confusas vistas a primera vista. Sin embargo se ven casi todos los conceptos confucianos con lo que se puede comenzar a explicar en detalle su significado. Comencemos por el ritual.

Confucio no era un Mesías, como ya he dicho antes ni tampoco dedica en el Lunyu ninguna palabra a la vida después de la muerte. De hecho al respecto se conforma con decir:

" Zilu preguntó cómo servir a los espíritus y a los dioses. El Maestro respondió:«Tú no eres capaz de servir a los hombres, ¿cómo podrías servir a los espíritus?»

Zilu inquirió: «¿Puedo preguntarte sobre la muerte? El Maestro respondió: «Todavía no conoces la vida, ¿cómo podrías conocer la muerte?»" (11.12)

Cuando se refiere al ritual, no es una cuestión chamánica, sino a los rituales que los ancestros han ligado al hombre y que por respeto a los mismos han de ser realizados con toda la seriedad que conllevan. Es el hecho de que el ritual haya decaído lo que lleva a la decadencia de la sociedad. El ritual es dado por hecho en realidad a lo largo de todo el libro.

La solución a esta decadencia es el hombre noble, que seguirá el ritual, y cultivará la humanidad y la piedad filial. La humanidad es algo tan sencillo como "amar a todos" (12.22); la piedad filial se trata de tratar con respeto y amor a tus padres y mayores. Estos son conceptos sencillos, pero ¿de dónde viene el hombre noble? Ahí radica la originalidad de Confucio y es que el hombre noble no nace, se hace. No es una clase social sino un estado al que se llega gracias a la educación centrada en la humanidad. Confucio no hace distinciones de clase en lo que respecta a la educación.

Este hombre noble es la base de la sociedad. Con él como gobernante, hijo y padre el mundo no puede sino mejorar. "El señor Ji Kang preguntó: «¿Qué puedo hacer para que el pueblo sea respetuoso, leal y aplicado?» El Maestro respondió: «Acércate a él con dignidad y éste será respetuoso. Sé tu mismo un buen hijo y un padre bondadoso, y el pueblo será leal. Eleva a los buenos y entrena a los incompetentes, y todos cumplirán su deber con celo.»" (2.20)

¿Es esto suficiente? En realidad, no. Si bien Confucio cree fervientemente en el hombre noble y en la educación y deplora la guerra (16.1) no deja de ser realista. Es importante que el estado tenga "Suficiente comida, suficientes armas y la confianza del pueblo." (12.7), que el pueblo esté alimentado está por encima de su educación.

Hay un último término que en el libro no hace tanto hincapié como en los anteriores y que sin embargo está presente en todo él y es éste (zheng ming 正名), más conocido como la rectificación de los nombres. "Si los nombres no se corrigen el lenguaje carece de objeto." (13.3). Todos los conceptos del Lunyu son importantes si mantienen su significado. No sirve ser cultivado si tus conocimientos son solo un adorno, ni alimentar a tus padres sin respetarlos (2.7). Y en este sentido es importante que el ritual conserve sus principales características, como el pesar en un duelo.

2)Una crítica a su tiempo

Confucio se basa en el pasado para criticar al presente, pero el Lunyu expresa la decadencia de su tiempo. Esto se ve claramente en la forma en que critica como los señores feudales se adueñan de los rituales de los reyes Zhou (como en 5.18 o 3.22).

3) La vida y gustos del maestro

El Lunyu no está despersonalizado y en él se pueden ver las aspiraciones de un hombre que en el fondo no consiguió su máxima aspiración que era mejorar el mundo. La impaciencia con la que se enfrenta a este fracaso se ve en 17.5 y 17.6. Confucio, contrario a la violencia, está a punto de unirse a una rebelión armada. También están allí sus aspiraciones más sinceras, su afición a la caza y a la pesca y es dónde se ve su sencillez de espíritu. Cuando sus discípulos preguntaron a Confucio cuáles eran sus deseos íntimos, éste dijo:

"Yo deseo que los ancianos puedan disfrutar de la paz, los amigos disfrutar de la confianza y los jóvenes disfrutar del afecto." (5.26)

*El Confucianismo después de Confucio

Tras la muerte del maestro, Mencio (385-303 a.C.), discípulo del nieto de Confucio, Zisi, tomó sus enseñanzas y trató de aplicarlas. Al igual que Confucio viajó por China tratando de enseñar a diversos soberanos. Entre sus discípulos se encontraban varios nobles feudales por lo que su influencia fue mucho mayor que la de Confucio y con el tiempo sus textos se convertirían en la base del confucianismo ortodoxo.

Mencio consideraba al hombre como bueno por naturaleza, y resumió su pensamiento en un libro de siete capítulos, conocido como Mengzi o "Libro de Mencio".

TAOÍSMO

Laozi, figura semilegendaria, vivió en el mismo período que Confucio y su filosofía también es una respuesta a una época turbulenta y cargada de violencia. Según la tradición era un erudito que trabajaba en los archivos de la corte Zhou. Con acceso a las grandes obras de su tiempo, escribió un libro en dos partes, el Tao Te Ching o Dao De Jing según que forma de transcribir el chino usemos. El libro del camino y la virtud, 道德經.

También según la tradición, se lo entregó a un soldado en la frontera antes de partir al Oeste.

La versión más antigua conocida de este libro data del siglo IV a.C. Al igual que Confucio, los taoístas creen que el hombre se ha separado del camino, el tao 道, que conduce todas las cosas.

Cuando el Tao reina en el mundo,
los corceles acarrean estiércol.
Cuando no reina el Tao,
aun las yeguas paren en el campo de batalla.

(Cap. IX del libro de la virtud)

Si bien el pensamiento taoísta se basa en la inacción. Los esfuerzos de los hombres por conseguir gloria, riquezas y fama e incluso por crear leyes más justas y virtuosas, solo pueden llevar al desastre, apartarse del camino. Por eso el buen gobernante, no es conocido, no actúa.

Gobiérnase un Estado con normas permanentes;
úsase en la guerra tácticas cambiantes;
el mundo se conquista no dándose a negocios.
¿Cómo sé que es así?
Cuantas más prohibiciones en el mundo,
mayor es la miseria de las gentes.
Cuantas más herramientas tiene el pueblo,
mayor desorden reina en el Estado.
Cuanta más inteligencia tiene el pueblo,

más productos extraños surgen por doquier.
Cuanto más patentes las leyes y decretos,
más abundan bandoleros y ladrones.
Por eso dice el sabio:
No actúo, y el pueblo se acomoda por sí mismo;
gusto de la quietud, y el pueblo se reforma por sí mismo;
es mi deseo no tener deseos,
y el pueblo se torna simple por sí mismo.

(Cap. XX del libro de la virtud)

Mientras que el libro de la virtud está dedicado al buen gobierno, el libro del camino está dedicado al hombre sabio, aquel que sigue el camino, que no actúa, que reduce sus deseos.

Conocer a los demás, inteligencia.
Conocerse a sí mismo,
clarividencia.
Vencer a los demás, fortaleza.
Vencerse a sí mismo, poderío.
Saber contenerse, riqueza.
Esforzarse, voluntad.
No perder el lugar, perduración.
Morir sin caer en el olvido,
longevidad.

(Cap. XXXIII del libro del camino)

Visto desde un punto de vista sociológico, se ha atribuido al taoísmo la función de ser la voz de la pequeña nobleza esclavista que, arruinada por las reformas del período, acabaría en el campo. Esta clase social se mezclaría con el campesinado y odiaría toda forma de gobierno. Aunque esta visión no es unitaria y hay autores que consideran que el pensamiento taoísta representa a los campesinos que vivían en comunas clanales. Las teorías no terminan aquí, y se ha llegado incluso a considerar al Tao te Ching un libro sobre el arte de la guerra...

Sea como fuere, su pensamiento continuó evolucionando, siendo el segundo libro más famoso el Zhuangzi, escrito en el siglo IV a.c. Sus ideas tuvieron una gran influencia y muchas de ellas se vieron reflejadas en el budismo cuando éste llegó a Asia oriental. Con el tiempo el taoísmo superó sus límites filosóficos y se convirtió en una religión que todavía en nuestros días tiene numerosos creyentes, especialmente en Taiwán. Los grandes maestros taoístas, se creía, eran capaces de volar por el cielo y de alcanzar la vida eterna. Tan arraigada era esta creencia, que el mismo Gengis Khan en los últimos años de su vida hizo llamar a un maestro taoísta, Qiu Chuji, para que le enseñara el secreto de la piedra de la inmortalidad...

LEGALISMO

El legalismo es poco conocido hoy en día, aunque sus influencias son tan amplias como las de confucianismo y taoísmo. Su pensamiento está centrado en el estado y sus fortalecimiento y es un compendio de diversos autores, ministros y pensadores, entre los cuáles destaca Shang Yang, ministro del reino de Qin. En este pensamiento que habla de economía, jurisprudencia y administración se considera que para que el estado sea fuerte:

1)Las leyes han de ser claras y pragmáticas, los castigos implacables y han de afectar a todos por igual. Así nadie será capaz de escapar de la voluntad del estado.

2)La base de la economía es la agricultura. La sociedad estaba dividida en cuatro clases: gobernantes, campesinos, artesanos y mercaderes. La clave de un estado sano y fuerte eran los campesinos que aportaban tropas, impuestos y comida para los ejércitos. A los artesanos se les consideraba como una profesión secundaria y a la clase mercantil como peligrosa. Podían acumular riquezas que podían amenazar al estado, adueñarse de parte de los excedentes de los campesinos (que pertenecían al estado) y crear desorden en general, ya que indicaban formas de subir socialmente a través del dinero, en lugar de mediante los méritos civiles y militares; aparte de generar envidias por sus riquezas.

Sin embargo, no se pretendía destruir el comercio. Los mercaderes eran necesarios, bastaba con que estuviesen controlados.

3)Aquellos que reciban cargos y recompensas dentro del estado, no han de recibirlos por sus conocimientos o capacidad de palabra, sino por sus méritos militares y civiles (su productividad).

MOHÍSMO

El mohismo o moísmo fue creado por Mozi, que consideraba al hombre bueno por naturaleza, predicaba el amor y la paz universal, y consideraba que los estados basados en dinastías familiares estaban condenados al desastre, promoviendo la meritocracia.

Estaban en contra de las tradiciones absurdas y la superstición, y una de sus ramas se especializó en el uso de las matemáticas y la lógica.

Si los legalistas eran influyentes en la administración del estado, los mohístas se convirtieron en expertos en la defensa del mismo, especialmente en tácticas anti-asedio, ayudando a los reinos menos poderosos a defenderse. Su predilección por la paz y sus conocimientos de matemáticas les llevaban a ello. Esta fue una de las causas de su posterior desaparición en el olvido a pesar de ser una escuela tan poderosa como las otras en su tiempo. Al llegar la paz, perdieron su utilidad.

La victoria Qin y el nacimiento del imperio.

Tras siglos de constantes luchas, sólo podía haber un vencedor y éste fue el reino de Qin. Protegido por las montañas y alejado de la eterna lucha por el control de la Llanura Central, el reino de Qin disponía ante todo de una ventaja: una mayor facilidad para adaptarse a los cambios. Aunque en todos los reinos se estaban extendiendo las reformas, sólo Qin pudo librarse lo suficientemente rápido de sus tradiciones. Así, el reino de Qin estuvo muy influenciado por los legalistas cuyo principal objetivo era el fortalecimiento del estado. Los grandes reformadores de Qin: Shang Yang, Hanfeizi y Li Si serían todos extranjeros que no habían sido escuchados en su tierra.

LAS REFORMAS DE SHANG YANG

Gongsung Yan, señor de Shang, más conocido como Shang Yang fue el principal reformador de Qin. De hecho, a él se le atribuyen todas las reformas realizadas durante el período de los Reinos Combatientes desde su llegada en el 361 a.C. Perteneciente al movimiento legalista, su primera medida consistió en publicar un código penal, bastante severo, al que añadió un sistema de méritos, especialmente para acciones militares, eliminando los antiguos cargos nobiliarios y estableciendo la posibilidad de ascender por méritos propios.

Para evitar que las grandes familias ensombrecieran el poder del estado y para reducir la criminalidad, la gran familia indivisa fue reducida a pequeños núcleos familiares encuadrados en unas cinco o diez familias mutuamente responsables. Esta medida, copiada del modelo militar, perduraría más o menos hasta nuestros días.

Como forma de enriquecer al estado, promovió la agricultura, que proporcionaba impuestos y víveres para el ejército. En la misma línea, fomentó las obras hidráulicas, las innovaciones agrícolas y la roturación de tierras. El comercio, como intercambio entre el campo y el Estado, era mal visto y los mercaderes no podían acceder a los más elevados rangos.

También reformó los impuestos, haciendo desaparecer las prestaciones en trabajos forzados y sustituyéndolos por impuestos pagados en grano. Para asegurar su cobro y el reclutamiento de soldados, se crearon registros de población. Esta reforma sería uniforme en todo el territorio que sería dividido en 41 distritos (xian).

Después de que Qin derrotase a Wei en 340, Gongsung Yang debería haber recibido la tierra de Shang como recompensa, pero murió descuartizado a manos de la antigua nobleza.

LA CONQUISTA

Tras derrotar a los nómadas del norte en el 314 a.c., el reino de Qin se apoderaría del Sichuan, ocupando la llanura de Chengdu en el 311 y las regiones montañosas del Sichuan oriental algo más tarde. Fue en Sichuan donde Li Bing, su gobernador, construyó en el 270 a.C. la mayor obra hidráulica del mundo antiguo. El Guanxian, diversificaba las aguas del río Minjiang, irrigando la llanura de Chengdu que había sido colonizada con miles de campesinos. Si a esto le añadimos la riqueza en metales de la zona, la región del Sichuan se convirtió en la más importante del reino de Qin.

En el 312 cae Hanzhong, con lo que el valle alto del río Han pasa a manos de Qin. Entre el 278-277 Chu sería el objetivo de sus campañas, cayendo su capital, Ying (actual Jiangling) a manos del general Bai Qi. En el 257, la capital de Zhao era asediada sin éxito. En el 249 los Zhou Orientales eran sometidos por los Qin, desapareciendo su linaje. Dos años después tomaba el poder el príncipe Zheng (259-210) de Qin, unificador de China.

Dado que por aquel entonces sólo tenía 13 años, el poder estaba en las manos de Lu Buwei, el hombre más rico del reino y posiblemente el auténtico padre del rey. Hasta su mayoría de edad el palacio se vio sacudido por rebeliones constantes. En el 237 a.C. el rey fue declarado mayor de edad. Como muestra de su valía, sofocó una rebelión de palacio, eliminando a todos los parientes del implicado y trasladando a

4.000 condenados al Sichuan para luego librarse de Lu Buwei, sustituyéndole por Li Si, consejero legalista proveniente de Chu.

A partir de ese momento el avance de Qin sería imparable. Ni la diplomacia ni un famoso intento de asesinato detendrían lo inevitable. Han cae en el 230, Zhao en el 228, después vendría Wei (225), Chu (223), Yan (222) y Qi (221).

Unificada toda China, Zheng tomó el título de Soberano emperador, huangdi, tomando como nombre el de Primer Soberano Emperador (Shihuang), fundando una dinastía que según sus previsiones duraría hasta la generación 10.000.

EL IMPERIO

El imperio Qin era un imperio legalista, con Li Si como principal consejero. La administración, las leyes e incluso la escritura (tan diversificada en cada reino) se unificaron. Así nació un estado burocrático con múltiples lenguas pero con una sola escritura (de hecho completamente nueva) y un solo método administrativo cuya capacidad burocrática estaba apoyada en dicha escritura.

Para librarse de los confucianos, Qin Shihuang se legitimó a través de la Cosmología Correlativa, rechazando el Mandato del Cielo. Como parte de esta tendencia, se honró al negro (el color al que pertenecía la dinastía según la Cosmología) como el color del imperio y al pueblo se le denominó "cabezas negras" nombre que no perduraría.

El imperio aseguraba la paz y mantenía el orden. El estado era el único protector y las armas de los particulares fueron confiscadas y empleadas para fundir campanas. Sus ejércitos realizaron conquistas en el norte, donde se unificaron las murallas de los viejos reinos para defenderse de las tribus de las estepas, cada vez más peligrosas. Así nacería la Gran Muralla (5.000 km). Una de estas tribus, los xiongnu, se acabaría convirtiendo en un grave problema para la próxima dinastía.

LUO GUANZHONG

LUO GUANZHONG

LUO GUANZHONG

LUO GUANZHONG

Hacia el sur se empleaban deportados para su colonización, construyendo el canal Lingju (canal mágico) que, con más de 2.000 km de longitud, une el río Xiang, afluyente del Yangzi, con el río Li.

Los nobles de los antiguos reinos fueron trasladados a la capital, Xianyang, donde 120.000 familias nobles habitarían una ciudad de unas dimensiones enormes. Hasta tal punto que el emperador se construyó un palacio a la otra orilla del río para escapar del bullicio de la capital.

Dos eran las bases de este enorme imperio: una producción agrícola creciente y una amplia disponibilidad de mano de obra. Para asegurar la circulación de los productos agrícolas se construyeron cerca de 6.800 km de carreteras, sin contar los canales. También se estableció una jerarquía civil en la que se ascendía por entregas voluntarias de grano. La mano de obra la aseguraban las leyes y el castigo más habitual era la condena a trabajos forzados. Así se emplearían cerca de 700.000 condenados para construir su palacio y el mausoleo del monte Li. Dos millones de trabajadores para el Gran Canal, sin olvidar las prestaciones de trabajo obligatorias de la población para obras locales.

El estado es intervencionista y basado en la agricultura. Para evitar la amenaza de las grandes fortunas privadas, se establecen monopolios sobre la sal, el hierro y el grano.

A pesar de ser un imperio legalista, el resto de las escuelas chinas no fueron prohibidas y en la corte convivían muchas de ellas con magos y astrólogos que ayudaban al emperador en su búsqueda de la inmortalidad. Se enviaron varias expediciones en busca de la isla de la inmortalidad, entre ellas un barco lleno de adolescentes del que no se volvió a saber. Finalmente, harto de que lo criticaran, le fallaran y deseoso de eliminar el antiguo régimen, Qin Shihuang procedió a quemar los libros de las Cien Escuelas (213 a.C.) y eliminar a 460 letrados (212 a.C.).

En el 210 a.C., muere el emperador cerca del mar. Li Si y el jefe de los eunucos lo llevan a toda prisa a la capital en un furgón lleno de pescado para evitar el mal olor. Li Si perecería en las intrigas de palacio y pronto comenzaría una nueva guerra civil. Y para el 202 a.C. una nueva dinastía, los Han, gobernaba China.

La dinastía Han del Oeste (西漢)

Explotados, deportados y empleados para el ejército, el campesinado chino acabó por alzarse en armas. Ya no tenían nada que perder pero tampoco un líder y pronto los antiguos nobles encabezaron la rebelión.

Entre ellos destacaría Xiang Yu (232-202 a.C.) que estableció su capital en Changan (actual Xi'an). Xiang Yu nombró príncipe de Yu a Liu Bang. Éste había sido un funcionario menor durante el imperio Qin y era de origen campesino. Pero rápidamente su poder fue aumentando y en el 207 a. C. atraviesa los montes Qinling derrotando a los Qin en el valle del río Wei al año siguiente. En el 202 a. C. derrota a Xiang Yu y se establece en su capital, proclamándose emperador. Comenzaba la dinastía Han (漢).

A pesar de las numerosas críticas que hicieron los Han a los Qin, su estructura era demasiado buena para desecharla sin más. Así, el estado Han seguiría siendo burocrático, dividido en prefecturas (xian) y distritos militares (jun).

Con capital en Changan, dos diferencias marcarían la separación de los Qin y los Han. La primera, la mayor tolerancia hacia las diferentes escuelas de pensamiento. Tras levantar la prohibición de los libros, los confucianos ganaron prestigio y poder reconstruyendo los Clásicos (todos menos el "I Ching", "Yijing" o "Libro de los cambios" que no había sido prohibido). De esta forma las leyes fueron suavizadas y se establecieron numerosas excepciones según el origen social de cada persona siguiendo el modelo "confuciano".

La segunda diferencia vendría de la debilidad de Liu Bang, la conquista de China habría sido imposible sin el apoyo de sus compañeros de armas, por lo que estos recibieron honores y favores. Así, de las 54 provincias existentes, 39 estaban asignadas como feudos (fengguo). Si bien estos "reinos" contaban con gobernadores como el resto de las provincias por lo que su independencia era relativa.

Aparte de estas dos excepciones, el imperio Han era legalista, basando su poder en el control directo sobre poblaciones e individuos. Para asegurar el cobro de impuestos se crearon censos, siendo los de la época Han de los más exactos de la historia. La promoción por éxitos militares o entrega de cereales al estado se mantuvo. Se construyeron grandes obras públicas y el estado siguió siendo intervencionista. Para mantener estables los precios del grano se crearon Graneros Normalizadores que compraban cereales cuando había abundancia y los vendían en tiempos de escasez. Para evitar la acumulación de poder por parte de las familias ricas se crearon monopolios como el de la sal, el hierro y la fabricación de monedas. Además se trasladó a 100.000 personas pertenecientes a las familias influyentes de Qi y Chu a la capital.

Como instrumento para controlar a la administración y a la población se disponía de cerca de 130.000 funcionarios. Estos habían sido educados basándose en los Clásicos y seleccionados de forma objetiva gracias a un sistema de exámenes (el primero del mundo). Con todo, con una población de 60 millones no había suficientes funcionarios y sus relaciones con el campo se realizarían a través de los consejos de aldea, llevados por los más ancianos.

LA EXPANSIÓN HAN

Bajo el reinado de Gaozu (188-180 a. C.), muchos de los feudos más influyentes fueron entregados a parientes del emperador. Así se iniciaría una política cuyo objetivo era reducir el poder de los príncipes y que desembocaría, en el reinado de Jingdi (157-141 a. C.), en la rebelión de los "Siete Reinos" liderada por los príncipes de Wu y Chu cuyos reinos estaban situados en la actual provincia del Jiangsu. Derrotados en el 154 a. C., el poder de los feudos iría declinando hasta que en el 27 a. C., el emperador Wudi (147-87 a. C.) obligó a repartir las herencias entre todos los hijos en lugar de al primogénito (la misma medida que tomaría

Napoleón para acabar con la nobleza casi dos mil años después), reduciéndose poco a poco su poder.

Estos éxitos interiores permitieron a los Han lanzarse a la conquista de nuevos territorios. Pero esta política expansionista no estaría motivada por el ansia de gloria sino por la amenaza que representaban los xiongnu.

Con la desintegración del imperio Qin, la Gran Muralla quedó sin defensa alguna y las tribus nómadas de las estepas realizarían incursiones por China del norte sin oposición. Los xiongnu, nombre que significa "bárbaros del este", formarían una confederación de tribus cuyo apogeo llegaría en tiempos de su caudillo, el chanyu Maodun (209-174 a. C.). Ante esta amenaza, la dinastía Han enviaría un inmenso y costoso ejército de 300.000 hombres al que Maodun se enfrentó con 400.000, obligándoles a retirarse. Los ejércitos chinos estaban en desventaja, compuestos por campesinos que requerían un costoso entrenamiento y cuyos caballos eran comprados a los xiongnu. Mientras que estos, jinetes de las estepas, se dedicaban a la caza con arco y caballos, por lo que ya estaban entrenados y sus ejércitos eran mucho más veloces.

Obligados por las circunstancias, los Han iniciarían una política de pacificación conocida como heqin. Cada año eran enviados como regalo rollos de seda, arroz y monedas de cobre. Una princesa china es entregada en el año 198 a Maodun. Finalmente esta política de regalos resultaría tan cara como la guerra en sí por lo que en tiempos de Han Wudi se envió una expedición en busca de aliados. En el 139 a.C., Zhang Qian partía de Changan con un centenar de hombres para localizar a los yuezhi, un pueblo exterminado por los xiongnu y que, expulsados de sus tierras, acabarían fundando el imperio Kushan en la frontera oriental de Persia. Tras estar apresado por los xiongnu durante diez años, pudo localizar a los yuezhi que, bien establecidos, no querían saber nada de alianzas con lejanos países. A su regreso, fue de nuevo capturado por los xiongnu y llegaría a Changan en el 126 a.C. Una vez allí introdujo la alfalfa y la viña, traídas de sus viajes, y explicó a la corte la existencia de varias rutas comerciales por las que circulaban los productos chinos. Una a través del desierto de Takla Makan y el Pamir, y otra a través del Yunnan hacia Birmania y la India. Convencido de poder conseguir aliados a cambio de seda y dispuesto a controlar las rutas comerciales, Han Wudi enviaría numerosas expediciones a Mongolia y el desierto de Takla Makan, estableciendo colonias militares que asegurasen el control del territorio. Con este fin se trasladó a más de 700.000 personas. Mezclando diplomacia y agresividad, ejércitos de más de 100.000 hombres fueron enviados a Mongolia en el 124, 123 y 119 a. C. A partir del año 115, la frontera norte quedó asegurada.

Como parte de esta expansión hacia el norte, tras una victoria sobre los Donghu en el 128 a. C., los Han se establecerían en la parte sur de Manchuria desde donde conquistarían la mayor parte de Corea entre el 109 y el 106 a. C..

El avance Han se vuelve imparable, lanzándose a la conquista de los trópicos donde destruirían los reinos no chinos de Dian y Dong-son, entrando y ocupando Vietnam en el 113 a. C. e iniciando la colonización del área. Este último territorio era muy poco seguro ya que la selva y las montañas son ideales para la guerrilla. A partir del año 40 d.C. estalla una rebelión general en Vietnam dirigida por dos hermanas, Tsu'ng Thac y Tsu'ng Nhi. Esta rebelión sería sofocada en el 43 a. C.

Provincias de la dinastía Han

EL SISTEMA TRIBUTARIO HAN

El sistema de tributos formalizado por los Han sería el mismo que emplearían el resto de dinastías chinas. China, como centro civilizado del mundo, ha de proteger al resto de los pueblos, cada vez más bárbaros cuanto más alejados están del centro. Aquellos pueblos que reconociesen la superioridad del emperador y enviasen regularmente misiones tributarias, recibirían a cambio protección y regalos.

La protección era más bien suave pero los tributos no eran abusivos y en muchos casos los regalos eran más valiosos. Con este sistema, los chinos se erigirían (al menos en teoría) como los árbitros absolutos de Asia Oriental, siendo ellos los que daban títulos y sellos reales a otros países. Este sistema también permitiría a los chinos pagar ellos mismos tributos sin tener que rebajarse a semejante consideración. Así, la política de regalos a los xiongnu, que se llevaba la sexta parte de los ingresos del estado, era realizada sin demasiados problemas morales.

El sistema de tributos también permitió controlar el comercio internacional, en ocasiones prohibido, limitándolo a las delegaciones tributarias. Lamentablemente en numerosas ocasiones se infiltrarían mercaderes entre las delegaciones de otros países y en otras ocasiones las delegaciones serían tan grandes y su gasto para el estado chino tan amplio, que tendrían que ser rechazadas.

LA ECONOMÍA HAN

Una vez reunificado el imperio, la capacidad de China era inmensa. Con tres millones de kilómetros cuadrados y 60 millones de habitantes, nos encontramos ante el país más grande del mundo junto con el Imperio Romano. Pero la capacidad y deseo de intervención del estado chino era mayor que el romano e interactuaba con una economía mucho más desarrollada. La rotación de cultivos y el empleo de instrumentos de hierro en la agricultura marcarían una gran diferencia. El mijo chino rendía más que el trigo romano y, por tanto, la población china estaba mejor alimentada. A esto hay que añadir inventos como la carretilla, que permite transportar grandes pesos sin esfuerzo, y el acero. La capacidad de los chinos para manejar el acero y el hierro fue extraordinaria, siendo los objetos de hierro chino muy codiciados en el extranjero. Monopolizados por el estado, los Han dispondrían de 48 grandes fundiciones con centenares o miles de obreros.

Respecto al comercio, la expansión Han y la instalación de guarniciones en las ya existentes rutas comerciales, permitieron un incremento del comercio internacional creándose enormes caravanas con miles de carretas. El comercio en el interior de China también era muy prospero, formándose un grupo de ricos mercaderes cuyo poder fue aumentando según decaía el estado Han y su control sobre la economía. Haciendo préstamos usureros a los pequeños agricultores, comerciando y produciendo, estas familias de notables acapararían todas las tierras minando poco a poco el imperio Han.

LA DINASTÍA XIN (新):

Una vez vencidos los xiongnu y los feudos interiores, dos eran los problemas de los Han: el primero, y muy grave, era el crecimiento del poder de los notables del reino que se habían convertido en terratenientes, disminuyendo la base fiscal del imperio y su capacidad para reclutar tropas. El segundo acompañaría al imperio chino durante casi toda su historia. La situación, que también se produjo en otros países, puede resumirse así: las familias hacen todo lo posible por colocar una hija en palacio que vele por sus intereses. Una vez allí la competencia es tan amplia que es necesario intrigar para poder acceder al lecho imperial. Si a esto le añadimos la presencia de eunucos, también entregados por grandes familias aunque de diferente origen social, las luchas por el poder en el harén eran frecuentes y muchas veces tuvieron consecuencias sangrientas.

La unión de estas dos debilidades sería catastrófica para los Han, según disminuían sus ingresos, las infraestructuras (diques, graneros, caminos, canales) fueron abandonadas, multiplicándose las revueltas de campesinos. En medio de semejante crisis, las intrigas de palacio aumentan. De estas intrigas surgiría Wang Mang, perteneciente a la familia de la emperatriz Wang y que fundaría una nueva dinastía la Xin, literalmente nueva.

Como no podía ser de otra manera, la dinastía Xin no duraría mucho (9-23d.C). Las intrigas de palacio le dieron el poder a Wang Mang pero el Estado seguía en la bancarrota. Los esfuerzos de Wang Mang por reforzar los monopolios, crear nuevos y devaluar la moneda, molestaron al conjunto de la sociedad china sin aumentar los ingresos.

Con los diques sin reparar, las inundaciones hicieron mella, propagándose el hambre. Completamente desesperados, los campesinos se rebelaron y marchan sobre la capital bajo la dirección de la madre Lü. Su esperanza es restaurar la dinastía Han, el color de los Han en la cosmología correlativa era el rojo, así que se pintaron de ese color, siendo los Cejas Rojas. Apoyados por la nobleza, los rebeldes cortaron en pedazos a Wang Mang y se lo comieron. Liu Xin, perteneciente a los Han se establece como emperador con el nombre de Guangwudi (25-57 d.C.).

La dinastía Han del Este (東漢)

Tras su victoria, Guangwudi, acabaría con las rebeliones de campesinos y unificaría el país, trasladando la capital a Luoyang situada más al Este. Los primeros años de los Han Orientales serían de estabilidad. Los xiongnu, divididos desde el año 48, dejan de representar una amenaza. El general Ma Yuan acaba con las insurrecciones vietnamitas en el año 44 y las expediciones de Ban Chao, realizadas por iniciativa propia, reestablecen el control de los oasis de Takla Makan entre el 73 y 94 d.C. , llegando uno de sus lugartenientes, Ganying, hasta el Golfo Pérsico. De allí regresaría aterrado por las historias de enormes monstruos que contaban los persas y que eran bastante habituales en la época. Para el año 94, más de 50 reinos de Asia Central envían tributos a Luoyang.

El imperio llegó a su máxima expansión bajo las conquistas de Dou Xian y Ban Chao cuyos ejércitos dominarían Asia Central y llegarían a contactar con los lejanos persas. Seria el mismo Dou Xian quien destruyó al debilitado estado nómada de los xiongnu, que tantos problemas había dado a los Han Occidentales. Pero la brutalidad de la conquista, sus enormes costes, y la desaparición de los xiongnu traerían graves consecuencias. A los organizados xiongnu les sustituyeron los xianbi, mucho más belicosos, mientras en el noroeste de China los qiang se rebelaban.

Para el siglo segundo el noroeste era una región devastada y fuera del control del gobierno, lo que disminuyó aún más sus ingresos y su poder de cara a los terratenientes.

En la capital, Luoyang, la situación no era mucho mejor. Durante generaciones un emperador tras otro había seleccionado su consorte principal de entre las grandes familias del imperio que tenían por tanto un amplio poder en la corte. Las intrigas en el palacio imperial y el harén dieron a estas familias una posición predominante de la que el emperador muchas veces era excluido. En el siglo II d.c. la familia Liang era la que ejercía el poder en palacio.

En medio de esta red de intrigas estaban los eunucos. Por su condición los eunucos tenían la misión de vigilar el harén, sirviendo de agentes y mensajeros de las aisladas esposas del emperador. Estos eunucos hicieron amplias fortunas dedicándose al comercio a gran escala.

A lo que hay que añadir que los Han orientales no consiguieron acabar con el problema de los terratenientes. Principalmente porque ellos mismos habían restaurado la dinastía (el propio Liu Xin era uno). Estos terratenientes disponían de de enormes propiedades autosuficientes y con milicias y armas propias . Siendo la clase social de la que provenían los funcionarios, su principal rival en el poder eran las familias de eunucos y las emperatrices. Estos habían ido recuperando poder a partir del reinado de He (88-105) según emperadores niños se iban sucediendo. En el 135 se autoriza a los eunucos a adoptar hijos y su poder y riqueza, dedicados al comercio a gran escala, no cesa de aumentar. Todos los intentos de los funcionarios por frenar su poder serán frustrados. Con el desorden en el poder, vendría el desorden en general.

En el año 159 el emperador Huan destruyó a la familia Liang con la ayuda de los eunucos que pasarían a ocupar los principales cargos del gobierno. A su muerte nueve años más tarde, los terratenientes pusieron sus esperanzas en Dou Wu, regente del emperador niño Liang, pero sus esperanzas se verían frustradas a los pocos meses cuando Dou Wu y sus seguidores fueron aniquilados por los eunucos. Hasta el final de la dinastía, serian los eunucos los detentores del poder político, mientras que el poder real era de los terratenientes. Esta contradicción convertiría al sistema en insostenible.

Atrapados entre estos dos grupos y sin ningún soporte económico a su causa se encontraban los "Puros" que mantenían ideales confucianos y criticaban los gobiernos corruptos tanto de la familia Liang como de los eunucos. Pertenecientes a la pequeña y mediana burguesía, apoyados por los estudiantes de la universidad imperial que cantaban eslóganes y hacían pintadas, nunca representarían una alternativa real. Aun así fueron censurados, exiliados y después aniquilados junto a Dou wu.

La moral decayó entre los funcionarios de un imperio en el que ya no creían en. Con el tiempo los hombres de buena familia dejaron de participar en el sistema oficial para centrarse en sus intereses locales. Las diversas alianzas entre las familias locales, los restos de la burocracia y los terratenientes crearon auténticos feudos enfrentados entre sí y con los eunucos y sus seguidores, enviados desde la capital para incrementar su riqueza en el campo. El conflicto aún no había llegado a su apogeo pero la corrupción lo dominaba todo. Los diques se desplomaron faltos de atención, lo que provocó inundaciones. Completamente desprotegidos, los campesinos fueron abandonados a su suerte, no teniendo más remedio que rebelarse.

Lo inevitable ocurrió en el año 184 a manos de Zhang Jue. Él, junto a sus Turbantes Amarillos, llevó a cabo una rebelión que buscaba el comienzo de un nuevo ciclo en la historia en el que se alcanzaría la Gran Paz (Taiping). Con un gran ejército de campesinos se dispuso a derrocar al gobierno.

Si la facción de los Puros y los terratenientes acusaban al gobierno de corrupto y decadente, la rebelión de los Turbantes Amarillos sobrepasaba para ellos los límites de la indecencia. Completamente asqueados por lo que consideraban una aberración, los diversos grupos de grandes propietarios aportaron sus tropas para enfrentarse a la rebelión junto a las fuerzas del gobierno Han.

Y es ahí, al comienzo de esta rebelión sin precedentes, donde da su verdadero comienzo el Romance de los Tres Reinos...

Bibliografía:

Gernet, Jacques: El Mundo Chino, Crítica, 1999
Dolors Folch: La construcción de China. Ediciones Península. 2002
CONFUCIO Analectas. Versión y notas de Simón Leys. Arca de Sabiduría. 1998
XINZHONG YAO, El confucianismo. Cambridge University Press. 2001
Lao Zi, El libro del tao. RBA Coleccionables. 2002
Luo Guangzhong, Romance of the three kingdoms, www.threekingdoms.com
Dr Rafe de Crespigny, Man from the Margin, Cao Cao and the Three Kingdoms, 51st George Ernest Morrison Lecture on Ethnology, 1990.

滾滾長江東逝水
浪花淘盡英雄
是非成敗轉頭空
青山依舊在
幾度夕陽紅
白髮漁樵江渚上
慣看秋月春風
一壺濁酒喜相逢
古今多少事
都付笑談中

El gran río se desliza hacia Oriente
y sus ondas arrollaron
infinitos héroes del pasado.
Lo correcto y lo erróneo, el éxito y el fracaso,
desaparecen en un parpadeo.
Permanecen las verdes montañas.
Cuántas veces se habrá puesto el sol rojo sobre ellas.
Erguidos en la orilla,
sobre la arena pescadores y leñadores de pelo blanco
presencian como de costumbre la luna de otoño o el viento de la
primavera.
Encuentro feliz acompañado de una jarra de aguardiente.
Cuántas veces habrán hablado y reído del pasado y del presente.

Yang Shen (1488-1559)

Capítulo 1

Tres valientes juran hermandad en el jardín de los melocotoneros
La primera tarea de nuestros héroes: derrotar a los Turbantes
Amarillos

Todo lo que está bajo el Cielo, tras un largo período de división tiende a unirse; tras un período de unión, tiende a dividirse. Así ha sido desde la antigüedad. Cuando el mandato de la dinastía Zhou se debilitó, siete reinos lucharon entre sí hasta que Qin obtuvo el imperio. Tras el fin de Qin, surgieron dos reinos rivales: Chu y Han, que combatieron por la soberanía. Y Han fue el vencedor.

La buena fortuna de Han comenzó cuando Liu Bang, el Supremo Ancestro, mató una serpiente blanca[1] para alzar las banderas de la rebelión, que no terminó hasta que todo el imperio perteneció a Han[2]. Este magnífico patrimonio pasó de generación en generación a los sucesivos emperadores Han durante doscientos años, hasta que fue interrumpido por la rebelión de Wang Mang. Mas pronto Liu Xiu, fundador de los Han Posteriores, restauró el imperio, y los emperadores Han continuaron su mandato por otros doscientos años hasta los días del emperador Xian, condenados a ver el principio de la división del imperio en tres partes, conocidas como los Tres Reinos.

Sin embargo, la caída del imperio en el caos comenzó con dos predecesores del emperador Xian, los emperadores Huan y Ling[3]. El emperador Huan retiró de sus cargos a la gente de talento, pero otorgó su confianza a los eunucos de palacio. Vivió y murió, y el emperador Ling ascendió al trono. Sus consejeros eran el Comandante Supremo[4] Dou Wu y el Gran Tutor Chen Fan. Dou Wu y Chen Fan, hastiados de los abusos e intromisiones de los eunucos en los asuntos de estado, tramaron su asesinato. Pero el taimado jefe de los eunucos, Cao Jie, descubrió el complot y los honestos Dou Wu y Chen Fan fueron condenados a muerte, lo que reforzó más que nunca el poder de los eunucos.

Y aconteció que en la luna llena del cuarto mes, en el segundo año de la

Calma Establecida[5], el emperador Ling entró en la Sala de la Virtud. A punto de sentarse en el trono, una ráfaga de viento surgió de la esquina de la sala, donde apareció una gran serpiente negra colgando de las vigas del techo. La serpiente se deslizó en el aire hasta sentarse en el trono. El emperador se desmayó. Aquellos cerca de él se lo llevaron rápidamente al interior de palacio, mientras los cortesanos se dispersaban y huían. Entonces, la serpiente desapareció.

Comenzó una terrible tempestad, y el trueno y el granizo causaron confusión hasta la medianoche. Dos años más tarde, en el segundo mes, un terremoto arrasó la capital de Luoyang y una gran ola llegó a la costa, llevándose con ella a muchos de sus moradores. Los malos presagios no terminaron y diez años más tarde, en el primer año de la era de la Radiante Armonía, una gallina se transformó en un gallo. En la luna nueva del sexto mes, una oscura neblina se apoderó de la Sala de la Virtud, y un arcoíris fue visto en la Cámara del Dragón al mes siguiente. Lejos de la capital, parte de las montañas Yuan colapsaron, dejando una impresionante fisura en su costado. Y los malos presagios continuaron uno tras otro.

El emperador Ling, conmovido por los malos augurios, promulgó un edicto en el que preguntaba a sus ministros por la razón de semejantes calamidades. Cai Yong, consejero de la corte, escribió con rotundidad:

Los arcoíris y el cambio de sexo en las aves son provocados por la interferencia de emperatrices y eunucos en los asuntos del estado.

El emperador leyó este memorial con gran pesar, pero Cao Jie, desde su puesto detrás del trono, notó su amargura. Aprovechando una oportunidad, Cao Jie informó a sus seguidores y se imputaron cargos contra Cai Yong, que fue obligado a retirarse a su casa en el campo. Tras esta victoria el poder de los eunucos se hizo más y más fuerte. Diez de ellos: Zhang Rang, Zhao Zhong, Cheng Kuang, Duan Gui, Feng Xu, Guo Sheng, Hou Lan, Jian Shuo, Cao Jie, y Xia Yun, formaron una activa facción en la corte conocida como "los diez sirvientes" o "los diez eunucos".

Uno de ellos, Zhang Rang, ganó tanta influencia que se convirtió en el consejero favorito del emperador. El emperador llegó incluso a llamarlo "padre adoptivo". De esta forma, la corrupta administración se degradó rápidamente hasta que, a lo largo y ancho del imperio, el pueblo comenzó a considerar la rebelión y por todas partes acechaban los bandidos.

Por aquel entonces, en el condado de Julu[6], vivían tres hermanos pertenecientes a la familia Zhang: Zhang Jue, Zhang Ba, y Zhang Lian. El mayor de ellos, Zhang Jue, tras suspender los exámenes locales, dedicó su vida a la medicina. Un día, mientras recogía hierbas medicinales en el bosque, Zhang Jue se encontró a un venerable anciano de rostro joven y ojos verde esmeralda que caminaba con la ayuda de un bastón decorado con una planta de quinuilla. El anciano llevó a Zhang Jue hasta una cueva donde le entregó un libro en tres volúmenes procedente del Cielo.

—Este libro—dijo el anciano—, es el "Clásico de la Gran Paz"[7]. Domínalo y serás el representante del Cielo, con poder para extender el conocimiento y salvar a la humanidad. Pero has de mantenerte libre de la tentación en todo momento o ten por seguro que sufrirás grandes desdichas.

Con una humilde reverencia, Zhang Jue tomó el libro y preguntó el nombre de su benefactor.

—Soy el espíritu inmortal de las tierras del Sur—contestó el anciano y desapareció en el aire.

Zhang Jue estudió el libro sin descanso hasta llevar sus preceptos a la práctica. Pronto fue capaz de invocar al viento y controlar la lluvia, y fue conocido como el Taoísta del Camino de la Gran Paz.

En el primer mes del primer año de la Estabilidad Central[8], una terrible plaga asoló la tierra y Zhang Jue curó a los enfermos con mágicos remedios, tomando el título de Gran y Virtuoso Maestro. Inició a varios discípulos en los misterios del libro y los envió a las cuatro esquinas del imperio. Ellos, al igual que su maestro, eran capaces de crear amuletos y recitar encantamientos. Y junto a su fama aumentó el número de sus seguidores.

Zhang Jue organizó a sus discípulos en treinta y seis capítulos, el mayor con más de diez mil miembros, el menor con seis o siete mil. Cada capítulo tenía su propio jefe con el título de general. Los rumores se propagaron. Decían que había llegado el año de la Rata de Madera Yang, primero del ciclo de sesenta y que el mundo iba a cambiar por completo en dicho año. El cielo azul de la primavera, continuaban los rumores, ha muerto y el cielo amarillo del verano está sobre nosotros. Zhang Jue ordenó a sus seguidores coger tizas y escribir "Rata de Madera Yang" en las puertas de sus casas.

La población entera de ocho provincias[9], Qingzhou, Youzhou, Xuzhou, Jizhou, Yangzhou, Yanzhou y Yuzhou, siguió los preceptos del Gran y Virtuoso Maestro.

Provincias de la
dinastía Han

Tribus de las estepas

Protectorado

COREA

YOU

BING

JI

QING

Colonias militares

LIANG

SILI

YAN

XU

YU

YI

JING

YANG

TÍBET

JIAOZHI

46

Con el aumento del número de fieles, también crecieron las ambiciones de Zhang Jue. El Gran y Virtuoso Maestro soñaba con un imperio, y envió en secreto a uno de sus seguidores, Ma Yuanyi, a la corte con presentes de oro y trajes para el eunuco Feng Xu[10].

—En grandes empresas como la nuestra—dijo Zhang Jue a sus hermanos—, lo más difícil es conseguir el apoyo del pueblo. Pero nosotros ya lo tenemos. Y semejante oportunidad no puede ser desaprovechada.

Y comenzaron a prepararse. Estandartes y banderas amarillas fueron alzados, y se escogió un día para la rebelión. Cuando todo estuvo dispuesto, Zhang Jue envió a su discípulo, Tang Zhou, con una carta para Feng Xu. Mas Tang Zhou, en lugar de entregar la carta, informó inmediatamente a la corte. El emperador ordenó a He Jin, Comandante Supremo, que enviase a sus soldados para arrestar a Ma Yuanyi. Éste, fue decapitado y Feng Xu acabó en prisión junto a muchos otros conspiradores.

Desenmascarado el complot, los hermanos Zhang fueron forzados a presentar batalla. Zhang Jue se autoproclamó Señor de los Cielos, Zhang Ba Señor de la Tierra, y Zhang Lian Señor de los Hombres. Y con esos títulos redactaron este manifiesto:

La buena fortuna de los Han ha terminado, y el Gran y Virtuoso Maestro está entre nosotros. Seguid la voluntad del Cielo, y caminad por la senda de los justos, para así conseguir la Gran Paz.

Desde las cuatro esquinas del imperio el pueblo acudió a la llamada de Zhang Jue y cubrió sus cabezas con turbantes amarillos[11]. Pronto su número fue tal, que los ejércitos imperiales huían ante los rumores de su llegada. Su número superaba el medio millón.

He Jin, Comandante Supremo, hizo una petición a la corte y con un edicto se convocó a todo hombre disponible para combatir a los rebeldes.

Mientras los preparativos finalizaban, envió a Lu Zhi, Huangfu Song y Zhu Jun, comandantes de las tropas de palacio, en una campaña contra los bandidos rebeldes desde tres puntos diferentes.

El ejército de Zhang Jue había llegado hasta Youzhou, la región al nordeste del imperio. El gobernador de Youzhou era Liu Yan, que formaba parte de la familia imperial. Cuando se enteró de la llegada de los rebeldes, llamó a Zhou Jing, su consejero.

—Ellos son muchos y nosotros pocos—dijo Zhou Jing—. Debemos alistar tropas para enfrentarnos a ellos.

Liu Yan estuvo de acuerdo. Ordenó pegar carteles oficiales en busca de voluntarios. Uno de estos carteles llegó al condado de Zhuo, donde llamó la atención de un hombre muy particular.

Éste no era un gran letrado ni encontraba ningún placer en el estudio, pero era pacifico y amigable por naturaleza. Hombre de pocas palabras, su rostro nunca dio signos de tristeza o alegría. Amigo de las grandes causas y los hombres virtuosos, era un hombre alto[12], de largas orejas hasta el punto de que llegaban hasta sus hombros, y de largos brazos con unas manos que le llegaban hasta más abajo de las rodillas. Era capaz de ver sus orejas con sus propios ojos. Su complexión era tan clara y aguda como el jade y tenía unos labios rojos y carnosos.

Era descendiente del príncipe Sheng de Zhongshan, cuyo padre fue el emperador Jing[13]. Su nombre era Liu Bei[14][15]. Muchos años antes, uno de sus parientes gobernaba aquel condado en nombre del emperador, pero perdió sus títulos cuando no fue capaz de realizar adecuadamente las ofrendas ceremoniales. Con el paso del tiempo, la rama familiar se empobreció cada vez más. El padre de Liu Bei, Liu Hong, fue un virtuoso y erudito funcionario al que la muerte le encontró joven. Liu Bei quedó huérfano a temprana edad pero mostró su piedad filial[16] cuidando a su madre.

Por aquel entonces, la familia era muy pobre y Liu Bei se ganaba la vida vendiendo sandalias de paja. El hogar familiar se encontraba en una aldea cerca de la ciudad de Zhuo. Junto a la casa crecía un gran morero que visto desde lejos semejaba un carro con palanquín. Tal era la belleza de su follaje, que un adivino predijo que la familia daría al mundo un hombre de gran distinción e importancia.

De pequeño, Liu Bei jugaba con los demás niños de la aldea bajo sus ramas. En sus juegos, trepaba al árbol mientras gritaba:

—¡Soy el Hijo del Cielo[17], y éste es mi carruaje!

Al oírlo, su tío Liu Yuanqi reconoció que Liu Bei no era un chico ordinario y se encargó de cuidar de las necesidades del pequeño. Cuando Liu Bei cumplió los quince, su madre lo envió a la escuela. Entre sus maestros se encontraban Zheng Xuan y Lu Zhi y entre sus amigos, Gongsun Zan.

Liu Bei tenía veintiocho años cuando leyó el cartel. La noticia le entristeció sobremanera y suspiraba mientras lo leía.

De pronto, tronó una voz tras él:

—¿Por qué suspirar si no eres capaz de hacer nada por tu país?

Liu Bei se dio la vuelta para encontrarse a un hombre aún más alto que él, con una cabeza que asemejaba a la de un leopardo, ojos como brazaletes de jade y un bigote que recordaba a las barbas de un tigre. Su voz era poderosa y su fuerza semejaba la de una manada de caballos al galope. Liu Bei, al ver que no era un hombre ordinario, preguntó su nombre.

—Zhang Fei es mi nombre[18]—contestó el extraño—. Mi familia ha vivido en este condado durante generaciones. Poseo tierras y vendo vino y carne de cerdo. Mi deseo es conocer gente de gran virtud. Al verte suspirar ante el cartel, decidí acercarme a ti.

—Soy de la familia imperial. Liu Bei es mi nombre. Y desearía destruir a los turbantes amarillos y devolverle la paz a estas tierras, pero no tengo con qué.

—Yo poseo los medios—dijo Zhang Fei—. Unamos nuestras fuerzas. Podemos crear un pequeño ejército y juntos afrontar esta misión.

Éstas eran grandes noticias para Liu Bei, así que juntos fueron a la posada de la aldea a ultimar los detalles. Y alegres estaban bebiendo, cuando un hombre, aún más alto que Zhang Fei, entró en la posada pidiendo vino.

—¡Y hazlo rápido!—añadió él—. Tengo prisa por llegar a la ciudad y enrolarme en el ejército.

Liu Bei observó al recién llegado, aún más alto que Zhang Fei y con una larga barba; su cara era de un color rojo oscuro y sus labios eran carnosos y rojos. Tenía ojos de Fénix y espesas cejas como gusanos de seda. Inspiraba dignidad. Liu Bei se sentó junto a él y preguntó su nombre.

—Guan Yu soy—contestó él—. Nací al este del río, pero he sido un fugitivo[19] por al menos cinco años, tras matar a un rufián que se aprovechaba de su riqueza para extorsionar a todo el mundo. He venido a unirme al ejército.

Ante semejantes palabras, Liu Bei le contó sus planes y los tres fueron juntos a las tierras de Zhang Fei para deliberar sobre su gran proyecto. Y dijo Zhang Fei:

—Detrás de la casa hay un bello jardín de melocotoneros en flor. Mañana haremos un solemne sacrificio y declararemos nuestras intenciones ante el Cielo y la Tierra. Juraremos hermandad y unidad de cuerpo y corazón. Así iniciaremos nuestra gran tarea.

Tanto Liu Bei como Guan Yu estuvieron de acuerdo.

Al día siguiente, prepararon las ofrendas: un buey negro, un caballo blanco y vino para la libación. Bajo el humo del incienso que ardía en el altar, inclinaron sus cabezas y juraron:

—Nosotros, Liu Bei; Guan Yu y Zhang Fei, aún proviniendo de diferentes familias, juramos ser hermanos y ayudarnos los unos a los otros en el peligro y la dificultad. Juramos servir al estado y al pueblo. Aunque no nacimos el mismo día, quieran el Cielo y la Tierra que muramos el mismo día. ¡Si no cumplimos este juramento, que los dioses nos castiguen!

Liu Bei fue proclamado el hermano mayor y Zhang Fei el menor. Completaron las ofrendas y mataron otro buey que sirvieron en un banquete para los valientes del condado. Más de trescientos se unieron a su causa, y juntos festejaron y bebieron en el jardín de los melocotoneros. Al día siguiente, recogieron sus armas, para darse cuenta con frustración de que no había caballos que montar.

Mas pronto les fue comunicado que unos mercaderes de caballos habían llegado a los dominios de Zhang Fei.

—El Cielo nos asiste—dijo Liu Bei.

Los tres hermanos fueron a recibir a los mercaderes. Sus nombres eran Zhang Shiping y Su Shuang de Zhongshan. Todos los años viajaban al norte a vender sus caballos, pero debido a los turbantes amarillos aquel año regresaban temprano a sus hogares. Los hermanos los invitaron a la casa, donde se preparó un banquete en su honor. Entonces Liu Bei les contó sus planes para luchar contra los rebeldes y restaurar la paz. Zhang Shiping y Su Shuang quedaron impresionados y donaron cincuenta caballos, 500 taels [20] de oro y plata y 1000 katis[21] de acero[22].

Los hermanos expresaron su gratitud y los mercaderes continuaron su camino. Entonces trajeron herreros para forjar las armas. Para Liu Bei crearon dos finas espadas[23]; Guan Yu diseñó el Sable del Dragón Verde también llamado Espada congelada, que pesaba 82 katis[24]; y para Zhang Fei crearon una lanza de 1, 8 zhang[25] llamada Lanza Serpiente. Cada uno de ellos fue ataviado con una armadura completa.

Cuando todo estuvo preparado, su ejército, que llegaba ya a los quinientos hombres, se presentó ante Zhou Jing, quien los presentó al gobernador Liu Yan. En la ceremonia de presentación, Liu Bei declaró su linaje, y, viendo Liu Yan que ambos eran de la familia imperial, lo reconoció como su sobrino.

No pasó mucho tiempo antes de que tuvieran noticias de los rebeldes. Cheng Yuanzhi, uno de los líderes de los turbantes amarillos, se dirigía al condado de Zhuo con más de cincuenta mil hombres. Liu Yan le ordenó a Zhou Jing que dejara a Liu Bei y sus dos hermanos liderar a sus quinientos hombres y los envió a la batalla[26]. Con alegría, Liu Bei se puso al frente del ejército y marcharon hasta el pie de las colinas Daxing, donde se encontraron con los rebeldes. Estos llevaban la melena suelta sobre los hombros y las cabezas cubiertas con turbantes amarillos.

Cuando ambos ejércitos se situaron uno enfrente del otro, Liu Bei se colocó al frente de su ejército con Guan Yu a su izquierda y Zhang Fei a su derecha.

Alzando su fusta, Liu Bei comenzó a increpar a los rebeldes:

—Rebeldes traidores, ¡rendíos antes de que sea demasiado tarde!

Cheng Yuanzhi, furioso, envió a uno de sus generales, Deng Mao, a plantar batalla. Zhang Fei alzó su alabarda serpiente. Un golpe y Deng Mao cayó de su caballo partido en dos. Al ver esto, Cheng Yanzhi espoleó su caballo y se abalanzó sobre Zhang Fei con la espada lista para matar. Mas Guan Yu se le adelantó con su pesada espada. Ante su terrible apariencia, Cheng Yanzhi quedó paralizado y antes de poder reaccionar, el gran sable cayó cortándolo en dos. Generaciones posteriores escribirían un poema honrando este encuentro:

> *Al alba, los héroes prueban las armas afiladas,*
> *Uno la lanza, otro la espada.*
> *Por vez primera, su fuerza empleada,*
> *Dará a sus tres nombres justificada la fama.*

Con su líder caído, los rebeldes arrojaron sus armas al suelo y huyeron[27]. Liu Bei y su ejército los persiguieron sin demora. Tantos se rindieron que fue imposible contarlos.

Cubiertos de gloria retornaron los tres hermanos. Liu Yan en persona les dio la bienvenida y recompensó al victorioso ejército. Al día siguiente, llegó un mensaje del gobernador de la provincia de Qingzhou, Gong Jing. Los turbantes amarillos estaban asediando su ciudad y necesitaba ayuda con urgencia.

—Ardo en deseos de ayudar. Yo iré—dijo Liu Bei tras hablar con Liu Yan.

Liu Yan ordenó a Zhou Jing que partiese con cinco mil soldados, acompañado por Liu Bei, Guan Yu y Zhang Fei. Los rebeldes, al ver la llegada de los refuerzos, dividieron su ejército en dos y atacaron con violencia. Superados en número, el ejército de Liu Bei tuvo que retirarse 30 li[28] y acampar.

—Los rebeldes son demasiados y nosotros pocos—dijo Liu Bei a sus hermanos—. La única forma de derrotarlos es cogerlos por sorpresa.

Así que prepararon una emboscada. Guan Yu y Zhang Fei, cada uno con un millar de soldados, se ocultaron a los lados de una colina, listos para intervenir al sonido de los gongs.

Al día siguiente, Liu Bei y Zhou Jing avanzaron con su ejército gritando ferozmente mientras retumbaban los tambores. Cuando los rebeldes se lanzaron contra ellos, Liu Bei ordenó la retirada. Creyendo que la victoria era suya, los rebeldes le persiguieron hasta las colinas. Entonces, sonaron los gongs. Zhang Fei y Guan Yu aparecieron a derecha e izquierda, mientras Liu Bei daba la vuelta para enfrentarse a los rebeldes. Atacados por tres lados, los rebeldes huyeron a Qingzhou con grandes pérdidas. Pero el gobernador Gong Jing salió con su ejército fuera de los muros de la ciudad para atacarlos y el ejército rebelde fue aniquilado. El asedio había terminado. Generaciones posteriores escribirían un poema honrando a Liu Bei:

Inspirado, creó un plan digno de los dioses:
Dos tigres tenían que ceder paso a un dragón.
La hazaña todavía recordada,
Su corona, a los pobres destinada[29].

Tras celebrar la victoria, Zhou Jing quería regresar a Youzhou. Pero Liu Bei le contestó:

—He sido informado de que el general Lu Zhi está combatiendo contra una horda de rebeldes bajo el mando del mismísimo Zhang Jue en Guangzong. Lu Zhi fue mi maestro y ahora quiero ayudarle.

De esta forma, Zhou Jing se retiró con su ejército y los tres hermanos partieron a Guangzong con sus quinientos hombres. Encontraron el campamento de Lu Zhi, donde fueron recibidos. El general los recibió con gran alegría y les contó los avatares de la batalla.

Por aquel entonces, ciento cincuenta mil soldados componían el ejército de Zhang Jue, tres veces más que el de Lu Zhi. Ambos se habían enfrentado varias veces a las afueras de Guangzhong sin un resultado claro.

—Puedo enfrentarme solo a estos rebeldes—le dijo Lu Zhi a Liu Bei—. Pero sus dos hermanos, Zhang Bao y Zhang Liang, han acampado en Yingchuan frente a las tropas de Huangfu Song y Zhu Jun. Te daré un millar de hombres, para que puedas comprobar qué ocurre allí, y así podremos organizar un ataque conjunto.

Liu Bei aceptó y partió a Yingchuan sin demora. Cuando llegaron, vieron que Huangfu Song y Zhu Jun acababan de derrotar a los rebeldes, que se retiraron a Changshe donde acamparon entre la paja. Al verlo, Huangfu Song le dijo a Zhu Jun:

—Los rebeldes han acampado entre la paja. Podemos atacarlos usando el fuego.

Cada soldado cortó un poco de paja y se ocultó para la emboscada. Aquella noche el viento soplaba con fuerza. Al filo de la medianoche, encendieron las hogueras y atacaron, incendiando el campamento. Las llamas llegaban hasta el mismo cielo. No hubo tiempo de llegar a los caballos o ponerse las armaduras y, en la confusión reinante, huyeron en todas las direcciones.

La matanza continuó hasta el amanecer. Zhang Liang y Zhang Bao con los supervivientes consiguieron abrir una brecha y escapar por ella. Justo entonces un ejército de caballería apareció ante ellos. Sus banderas eran rojas y se encontraban liderados por un hombre de mediana estatura con pequeños ojos y una larga barba. Su nombre, Cao Cao[30]. Llevaba el título de Comandante de caballería, y provenía del condado de Qiao[31]. Su padre era Cao Song, pero no era realmente un Cao. Cao Song había nacido como parte de la familia Xiahou, pero fue adoptado por Cao Teng, un eunuco, del que tomó el nombre familiar.

De joven, Cao Cao había dedicado su tiempo a la caza, el canto y el baile. Aún así era tenaz y astuto. Uno de sus tíos, disgustado por tan inútiles ocupaciones, trató de hacer ver a su padre, Cao Song, lo inapropiado de la actitud de su hijo. Pero Cao Cao nunca fue fácil de abatir y enseguida urdió un plan. Un día, según se acercaba su tío, cayó al suelo en un fingido desmayo. Su tío alarmado corrió a avisar a Cao Song, que se apresuró hasta el lugar en el que, supuestamente, yacía su hijo para encontrar a Cao Cao en perfecto estado de salud.

—Tu tío aseguraba que te habías desmayado. ¿Te encuentras mejor? —preguntó su padre.

—No me he desmayado—aseguró Cao Cao—. Si mi tío ha dicho tal cosa, es porque he perdido su afecto.

Desde entonces dijese lo que dijese su tío, su padre no creyó ni una palabra. Y así creció el joven Cao Cao sin rendir cuentas a nadie.

Por aquel entonces, un hombre llamado Qiao Xuan le dijo a Cao Cao:

—El desorden reina en el mundo y solo un hombre de grandes cualidades puede devolverle la paz. ¿Eres tú ese hombre?

He Yong, procedente de Nanyang, dijo sobre él:

—Los días de la casa de Han están contados, pero él restaurará la paz.

Cao Cao decidió preguntar a un sabio de Runan, Xu Shao, conocido por saber ver en el corazón de las personas.

—¿Qué clase de hombre soy?—preguntó Cao Cao.

Xu Shao no contestó. Cao Cao volvió a preguntar.

—En tiempos de paz—contestó finalmente Xu Shao—, serás un hábil ministro, pero cuando reine el caos, serás un gran héroe.

Cao Cao estaba complacido.

A los veinte, Cao Cao había ganado una reputación y era conocido por su piedad filial e integridad; y fue promovido por el gobierno local. Su cargo era de poca importancia, pero pronto fue promovido a Capitán del Norte[32] en la propia capital, Luoyang. En cuanto asumió el cargo, llenó las puertas de la ciudad con palos de colores con los que castigaba las infracciones sin importarle rango o parentesco. Una noche, un tío del eunuco Jian Shuo apareció con una espada y fue arrestado[33] y azotado. Nadie volvió a atreverse a quebrantar la ley en su presencia. Así ganó fama y pronto se convirtió en gobernador de Dunqiu[34].

Cuando se desató la rebelión de los Turbantes Amarillos, Cao Cao fue nombrado Capitán de caballería al cargo de cinco mil soldados de caballería e infantería, y se le ordenó partir a Yingchuan. Al llegar se encontró a los rebeldes en plena retirada. Y Cao Cao los masacró. Más de diez mil fueron decapitados y se capturaron incontables banderas, gongs y caballos, además de amplías sumas de dinero. Aún así, Zhang Ba y Zhang Liang consiguieron escapar. Tras una breve conversación con Huangfu Song, Cao Cao partió en persecución de los dos hermanos.

Pero volvamos con Liu Bei[35], que avanzaba hacia Yingchuan con Guan Yu y Zhang Fei. Desde su posición podían oírse los gritos de los combatientes y verse las llamas que iluminaban los cielos. Se dirigieron con presteza al emplazamiento de la batalla pero era demasiado tarde; los rebeldes huían derrotados. Fueron a ver a Huangfu Song y Zhu Jun para contarles los planes de Lu Zhi.

—Zhang Liang y Zhang Bao no están acabados—dijeron los comandantes—. Debes partir a Guangzong , Liu Bei, y viajar día y noche para ayudar a derrotar a Zhang Jue.

Los tres hermanos retornaron sobre sus pasos. A mitad de camino se encontraron a un grupo de jinetes escoltando a un prisionero. Era nada menos que Lu Zhi, el mismo al que trataban de ayudar. Alterado, Liu Bei desmontó para averiguar lo ocurrido.

—Conseguí cercar a Zhang Jue—explicó Lu Zhi—, y estaba a punto de derrotarlos, cuando Zhang Jue recurrió a la hechicería. Me fue imposible derrotarlo. La corte envió al eunuco Zhuo Feng para investigar las causas de mi derrota, pero él lo único que quería era un soborno. Falto de provisiones para mi ejército, ¿dónde iba a conseguir el dinero? Iracundo, Zhuo Feng informó a la corte de que yo me había aislado en una fortaleza sin atreverme a luchar. Ante semejantes acusaciones, la corte ha enviado al Líder de los gentiles de la corte[36], Dong Zhuo, a reemplazarme y yo voy a ser juzgado en la capital.

Ante semejante injusticia, Zhang Fei entró en cólera; quería matar a la escolta y liberar a Lu Zhi.

—La corte tiene el apoyo del pueblo—trató de refrenarlo Liu Bei—. ¿Cómo puedes actuar tan precipitadamente?

La escolta rodeó a Lu Zhi y partió.

—Lu Zhi ha sido arrestado y otro estará dirigiendo el ejército—dijo Guan Yu—. Si vamos allí, no tendremos a nadie que nos apoye. Será mejor volver a Zhuo.

Así fue como los hermanos y su ejército partieron hacia el norte.

Apenas dos días más tarde escucharon el clamor de la batalla al otro lado de las colinas. Liu Bei arreció a su caballo y se dirigió a una alta colina seguido por sus hermanos. Allí vieron al ejército imperial a punto de ser aniquilado. Tantos eran los turbantes amarillos, que cubrían con su número colinas y valles enteros. En sus banderas podía leerse claramente: "Señor de los Cielos".

—¡Es Zhang Jue!—exclamó Liu Bei.

Los tres hermanos llevaron a sus hombres a la batalla lo más rápido posible. Dong Zhuo estaba a punto de caer ante las tropas de Zhang Jue, pero los tres hermanos cargaron con su ejército, desorganizando a las fuerzas de Zhang Jue al que obligaron a retroceder cincuenta li. Así rescataron a Dong Zhuo y lo devolvieron a su campamento.

—¿Cuál es vuestro cargo?—preguntó Dong Zhuo.

—Ninguno—contestó Liu Bei.

Al oír esto, Dong Zhuo no les prestó el más mínimo respeto. Liu Bei se retiró en silencio, pero Zhang Fei estaba furioso.

—Nos hemos dejado la piel para salvar a ese gusano y sigue sin mostrarnos respeto. ¡Solo su muerte podrá satisfacer mi ira!

Zhang Fei desenvainó y se dirigió a la tienda de Dong Zhuo.

Desde tiempos inmemoriales,
Las emociones nos dominan.
En ocasiones los héroes son de origen humilde,
Pero ni siquiera el sencillo Zhang Fei,
Puede matar a todos los villanos del mundo.

Cuál fue el destino de Dong Zhuo, lo sabrás en el próximo capítulo.

Capítulo 2

Zhang Fei azota al inspector del condado
He Jin conspira para acabar con los eunucos

Dong Zhuo[37] nació en el lejano noroeste, en Lintao. Como gobernador de Hedong, Dong Zhuo era arrogante y engreído. Aunque el día que trató a Liu Bei con deferencia habría sido el último de su vida, de no ser porque Guan Yu y Liu Bei consiguieron refrenarlo.

—Recuerda que él es gobernador—dijo Liu Bei—. ¿Quién eres tú para tomarte la justicia por tu mano?

—¡Mejor matarlo que recibir ordenes de semejante sinvergüenza!—replicó Zhang Fei—Me voy. Si vosotros, hermanos, deseáis quedaros sois libres de hacerlo.

—Juramos vivir y morir juntos, ¿cómo podemos separarnos?

Esas fueron las palabras de Liu Bei, y su hermano se dio por satisfecho. Aunque ya no podían permanecer en el campamento de Dong Zhuo. Los tres reunieron a sus tropas y marcharon lo más rápido posible para encontrarse con Zhu Jun. Este los recibió calidamente. Combinaron sus fuerzas y juntos partieron a combatir a Zhang Bao. Para aquel entonces, Cao Cao se había unido a Huangfu Song en la lucha contra Zhang Liang. Una gran batalla estaba teniendo lugar en Quyang entre estos poderosos contrincantes.

Mientras tanto, Zhu Jun inició su ofensiva contra Zhang Bao. Zhang Bao estaba al mando de más de ochenta mil soldados, refugiados en las montañas. Zhu Jun ordenó a Liu Bei atacar a los rebeldes. Zhang Bao envió a su segundo al cargo, Gao Sheng, a ofrecer batalla montado en su caballo. Liu Bei envió a Zhang Fei a atacarlo. Zhang Fei avanzó en su caballo, la larga lanza alzada, y se enfrentó a Gao Sheng. Al poco tiempo Gao Sheng caía de su caballo, atravesado por su lanza. Liu Bei ordenó avanzar a su ejército.

Entonces Zhang Bao alzó su espada y de su boca surgieron palabras de brujería. Soplaba el viento y retumbaba el trueno. Una nube negra apareció de la nada y de ella surgieron innumerables soldados que exterminaban todo a su paso. Liu Bei ordenó la retirada ante semejantes prodigios, pero su ejército había caído en el desorden y regresó completamente derrotado.

—Está usando magia—dijo Zhu Jun cuando se reunió con Liu Bei—. Mañana mataré carneros, cerdos y perros para conseguir su sangre. Ocultaré mis tropas entre las colinas y cuando vengan los rebeldes, derramarán la sangre sobre ellos. Eso debería contrarrestar su magia.

Así fue decidido. Guan Yu y Zhang Fei tomaron cada uno el mando de un millar de hombres y se ocultaron entre las montañas, donde prepararon la sangre de corderos, perros y cerdos. Y así cuando al día siguiente Zhang Bao avanzó con su ejército con los estandartes sacudiéndose al viento y los tambores desafiantes, Liu Bei avanzó para combatirlo. En el mismo instante que los dos ejércitos se encontraron, Zhang Bao comenzó a usar su magia y de nuevo apareció la terrible nube negra. Liu Bei inició la retirada ante los numerosos soldados a pie y a caballo que aparecieron de la nada. Zhang Bao y su ejército lo persiguieron. Pero según avanzaban entre las montañas sonaron las trompetas, y los soldados ocultos hicieron señales de fuego para arrojar al unísono la sangre sobre sus enemigos. Los soldados enemigos cayeron al suelo en gran número convertidos en papel, mientras el viento y el trueno cesaban al instante.

Zhang Bao, al ver su hechizo roto, trató de retirarse. Entonces aparecieron Guan Yu y Zhang Fei en sus flancos, seguido en la retaguardia por Zhu Jun y Liu Bei. Los rebeldes fueron aplastados. Liu Bei vio el estandarte del Señor de la Tierra y cabalgó hacia él con el arco dispuesto. Consiguió herirlo en el brazo izquierdo pero aún así Zhang Bao consiguió huir a la ciudad de Yangcheng que Zhu Jun inmediatamente puso bajo sitio.

Se enviaron mensajeros en busca de nuevas de Huangfu Song. Esto fue lo que dijo el mensajero al volver:

—Huangfu Song consiguió una gran victoria, mientras que Dong Zhuo ha sufrido numerosas derrotas. Es por esto que la corte ordenó a Huangfu Song tomar su lugar. Para cuando llegó, Zhang Jue ya estaba muerto y Zhang Liang había tomado el mando, Siete batallas perdió frente a Huangfu Song y fue decapitado en Quyang. Tras esta victoria, la tumba de Zhang Jue fue profanada y su cuerpo mutilado. La cabeza se envió a la capital para ser expuesta sobre una pica. Todos los rebeldes se han rendido. Por sus servicios al estado, Huangfu Song ha sido nombrado General de los carros y caballería[38], así como gobernador de Jizhou. También ha pedido a la corte que retire los cargos contra Lu Zhi, asegurando su inocencia. Lu Zhi ha sido liberado y ha recuperado su antiguo cargo. Cao Cao también ha sido recompensado por sus servicios y ahora es comandante de Jinan, el mismo día de su nombramiento licenció a su ejército y ha partido a su nuevo puesto.

Tras oír al mensajero, Zhu Jun atacó Yangcheng con dureza y la derrota de los rebeldes se hizo evidente. Zhang Bao fue asesinado y su cabeza ofrecida como prueba de sumisión. La rebelión en aquella parte del país había terminado. Zhu Jun envió un informe al emperador con una lista de todo el botín obtenido en la campaña.

Sin embargo los Turbantes Amarillos aún no habían sido derrotados. Tres rebeldes, Zhao Hong, Han Zhong, y Sun Zhong, disponían de casi treinta mil soldados y comenzaron a saquear y a robar como venganza por la muerte de Zhang Jue. La corte envió al victorioso Zhu Jun a destruir a los rebeldes.

Estos habían ocupado la ciudad de Wancheng a la que Zhu Jun se dirigió sin demora. Nada más llegar, Han Zhong salió de la ciudad para combatirlo. Zhu Jun envió a Liu Bei y sus hermanos a atacar la parte suroeste de la ciudad. Han Zhong trató de defenderla enviando a sus mejores hombres. Mientras, Zhu Jun en persona, al mando de dos mil jinetes, atacó por el lado opuesto. Los rebeldes, creyendo la ciudad pérdida, abandonaron el suroeste para reagruparse. Liu Bei los tomó por sorpresa en su retaguardia. Derrotados, los rebeldes se retiraron a Wancheng. Con la ciudad completamente cercada, pronto se hizo imposible obtener algo para comer, y Han Zhong envió un mensajero ofreciendo la rendición. Zhu Jun rechazó la oferta.

—¿Por qué rechazar su oferta? —preguntó Liu Bei—. En tiempos antiguos cuando Gaozu[39] unificó el mundo, él permitía a sus enemigos rendirse y volver a formar parte de la sociedad.

—Eso fue entonces.—contestó Zhu Jun—. En el mundo reinaba el caos y el pueblo no había escogido un líder. Dejarles rendirse con la promesa de una recompensa tenía sentido. Pero ahora el imperio está unido y los Turbantes Amarillos son los únicos rebeldes. Nada bueno puede venir de su rendición. Permitir la rebelión cuando tiene éxito es darles permiso para robar y saquear; dejarles simplemente rendirse cuando fallan es animar al resto a intentarlo. Y esa no es una buena estrategia.

—No aceptemos su rendición, entonces—contestó Liu Bei—, pero los tenemos cercados con una barrera de hierro. Si rechazamos su oferta será una lucha a muerte y difícilmente podremos combatir contra diez mil desesperados. Además, miles de inocentes más viven en la ciudad sentenciados a muerte por nuestro cerco. Será mejor retirarnos de una de las esquinas de la ciudad y atacar por la contraria. Ellos huirán sin deseo de lucha y entonces, caeremos sobre ellos.

Zhu Jun siguió su consejo. Como estaba previsto, Han Zhong abandonó la ciudad con su ejército. Entonces Zhu Jun, junto a Liu Bei y sus tres hermanos, lanzó a sus ejércitos en un ataque sorpresa. Una flecha mató a Han Zhong y los rebeldes huyeron en las cuatro direcciones.

Justo en aquel momento, Zhao Hong y Sun Zhong llegaron con numerosos refuerzos y el ejército de Zhu Jun tuvo que retirarse diez li, mientras los rebeldes ocupaban de nuevo Wancheng.

Zhu Jun se preparaba para un nuevo ataque, cuando un grupo de caballeros e infantes se aproximó desde el Este. Su líder era un general con una amplia cara, un cuerpo como el de un tigre al acecho y un torso majestuoso como el de un oso. Su nombre, Sun Jian[40]. Era nativo de Fuchun, en el antiguo estado de Wu, y descendiente del famoso estratega Sun Zi[41].

Con diecisiete años, Sun Jian estaba con su padre en el río Qiantang[42], cuando vio un grupo de piratas que, tras robar a un mercader, repartían su botín a la orilla del río.

—Arrestémoslos—dijo Sun Jian a su padre.

Y entonces, alzando su espada, cargó contra ellos gritando y dando órdenes a derecha e izquierda como si lo acompañara un gran ejército. Los piratas creyeron que las tropas del gobierno habían caído sobre ellos y huyeron dejando atrás su botín. Sun Jian los persiguió y mató a uno de ellos. Así ganó fama en la región y pronto fue promovido a capitán.

Más tarde, con la ayuda de los comandantes locales, organizó un ejército de más de mil valientes para enfrentarse a la rebelión de Xu Chang, que se había proclamado a sí mismo emperador Yangming y disponía de un ejército de decenas de miles. Xu Chang y su hijo Xu Shao fueron derrotados y decapitados. Por esta victoria, Sun Jian se convirtió en asistente de los gobernadores de Yandu, Xuyi, y Xiapi. Cuando comenzó la rebelión de los Turbantes Amarillos, Sun Jian reunió a un ejército de más de mil quinientos soldados de élite compuesto de jóvenes y mercaderes del área entre los ríos Huai y Si[43] y partió a enfrentarse a ellos.

Zhu Jun se mostró encantado y ordenó a Sun Jian atacar la puerta sur de la ciudad. Liu Bei atacaría la puerta norte y él mismo lo haría en la oeste. La puerta este se dejó libre para que los bandidos pudieran escapar. Sun Jian fue el primero en escalar los muros de la ciudad y mató a más de veinte rebeldes con su propia espada. Los rebeldes huyeron, pero su líder Zhao Hong montó en su caballo y cargó contra Sun Jian con la lanza en alto. Sun Jian saltó del muro y se adueñó de la lanza de Zhao Hong. Y con ella golpeó a Zhao Hong hasta tirarlo del caballo. Inmediatamante Sun Jian montó en el caballo del desafortunado Zhao Hong y cabalgó a toda velocidad, matando rebeldes a diestra y siniestra. Sun Zhong trató de escapar por el norte, para caer directamente entre las tropas de Liu Bei. Los rebeldes solo pensaban en huir. Liu Bei preparó su arco y disparó a Sun Zhong que cayó del caballo. Sin líderes y en desbandada, el ejército de Zhu Jun aniquiló a los supervivientes. Decenas de miles de cabezas fueron cortadas y fue imposible contar el número de los que se rindieron pidiendo clemencia. En los alrededores de Nanyang, más de diez comanderías habían sido pacificadas.

Zhu Jun licenció su ejército y volvió a la capital, Luoyang, donde fue promovido a General de carros y caballería y gobernador de Henan. No se olvidó de aquellos que le ayudaron e hizo una petición al emperador, contando los méritos de Sun Jian y Liu Bei. Sun Jian tenía amigos poderosos y pronto consiguió el puesto de comandante, pero Liu Bei esperó noticias de la corte en vano durante muchos días.

Abatidos, los tres hermanos recorrían solos las calles de la capital. Un día se encontraron el carro del comandante Zhang Jun, al que Liu Bei le contó todas sus desgracias. Zhang Jun se quedó muy sorprendido ante esta negligencia, y en cuanto fue a palacio sacó el tema ante el emperador.

—La rebelión de los Turbantes Amarillos fue debida a la corrupción de los eunucos. Ellos vendían los cargos y títulos nobiliarios. Solo había recompensas para sus amistades y castigos para sus rivales. De ahí la rebelión. Deberíamos ejecutar a los diez eunucos y mostrar sus cabezas al pueblo. Después, recompensar a los que lo merecen. Eso traería la paz a los cuatro mares[44].

Los eunucos no podían aceptarlo. Inmediatamente enviaron una petición a la corte, asegurando que Zhang Jun estaba insultando al emperador. El emperador ordenó a la guardia que escoltase a Zhang Jun fuera de palacio.

Los diez eunucos se reunieron, y acordaron que era peligroso no dar cargos a aquellos que habían combatido contra los Turbantes Amarillos y que era mejor darles algunos puestos menores para luego poder lidiar mejor con ellos. Fue así como Liu Bei fue nombrado magistrado en el condado de Anxi[45]. Liu Bei licenció a su ejército y se dirigió allí con una pequeña escolta que incluía a Guan Yu y Zhang Fei. Ni un solo abuso contra el pueblo fue realizado durante su mandato y así, en apenas un mes, el pueblo modeló su conducta. Los tres hermanos comían en la misma mesa y dormían en la misma cama. Aunque cuando Liu Bei ejercía su cargo, Guan Yu y Zhang Fei se mantenían tras de él, sin importarles si la espera duraba un día entero.

Tan solo cuatro meses tras su llegada, la corte decidió reducir el número de oficiales civiles con experiencia militar y Liu Bei temió estar entre aquellos que iban a ser retirados de su puesto. Justo en aquellos días el inspector del condado estaba visitando los condados de la región. En cuanto llegó, Liu Bei salió de la ciudad para presentarle sus respetos, pero el inspector se negó a saludarlo, salvo por un movimiento de su fusta aún sentado en su caballo. Este gesto enfureció a Guan Yu y Zhang Fei pero lo peor aún estaba por venir.

Nada más llegar a la ciudad, el magistrado preguntó:

—¿Cuál es vuestro linaje, magistrado del condado?

—Soy descendiente del príncipe Jing de Zhongshang [46]—comenzó a explicar Liu Bei—. Desde mi primer combate contra los Turbantes Amarillos en el condado de Zhuo, he participado en más de treinta batallas, donde obtuve cierto éxito. Este cargo es mi recompensa.

—¡Mientes!—gritó el inspector—. Tanto tu linaje como tus logros no son más que mentiras. La corte ha decidido acabar con los funcionarios corruptos como tú.

Liu Bei no fue capaz de contestar. Preguntó a su secretario qué hacer.

—Si el inspector se comporta de esa manera—respondió—. Será que quiere un soborno.

—No he robado ni una sola moneda al pueblo, ¿con qué puedo sobornarlo?—contestó Liu Bei.

Al día siguiente el inspector amenazó al secretario para que testificara que el magistrado había traído la desgracia al pueblo. Liu Bei trató una y otra vez de contestar a los cargos, pero cada vez que se acercaba a los aposentos del inspector, los guardias no lo dejaban pasar.

Volvamos un momento a Zhang Fei, que había tratado de ahogar las penalidades del momento con múltiples vasos de vino. Cabalgaba así cerca de los aposentos del inspector cuando se encontró con una cincuentena de ancianos que lloraban a su puerta. Cuando Zhang Fei preguntó la causa de sus lamentos, le contestaron:

—El inspector del condado ha obligado al secretario a acusar al Señor Bei. Hemos tratado de protestar, pero los guardias nos cierran el paso.

Estas palabras enfurecieron a Zhang Fei. Con los ojos abiertos y los dientes apretados, espoleó a su caballo y entró en los aposentos del gobernador sin que los asustados guardias pudiesen detenerlo. Allí vio al secretario atado en el suelo a los pies del inspector.

—¡Tú, ladrón y opresor del pueblo!—rugió Zhang Fei—¿Sabes quién soy?

Antes de que el inspector pudiera responder, Zhang Fei lo arrastró del cabello hasta sacarlo al exterior, donde lo ató en el poste en el que se ata a los caballos. Allí, con una vara de sauce, azotó al inspector con toda su fuerza. Rompió diez varas en el castigo.

Liu Bei se encontraba solo con su pena, cuando oyó gritos junto a su puerta. Al preguntar qué estaba pasando, sus sirvientes le contestaron:

—El General Zhang Fei ha atado a alguien y lo está castigando sin descanso.

Liu Bei corrió para averiguar lo ocurrido, y entonces vio que el castigado era poco menos que el inspector. Liu Bei preguntó los motivos.

—¡Los sinvergüenzas como éste merecen morir! Si no, ¿para qué hemos venido? —respondió Zhang Fei.

—¡Sálveme, Liu Bei! —gritaba el inspector.

Liu Bei era ante todo una persona amable, por lo que pidió a Zhang Fei que se detuviese.

Entonces apareció Guan Yu a su lado y dijo:

—Hermano, tras tus grandes hazañas sólo has conseguido el puesto de magistrado e incluso aquí has sido insultado por el inspector. Una zarza no es lugar para que anide un fénix. Sería mejor matar al inspector, abandonar tu cargo y volver a casa hasta que tengamos un plan mejor.

Liu Bei tomó su sello oficial y se lo puso en el cuello al inspector.

—Por cómo has tratado al pueblo, debería matarte aquí mismo... Pero voy a perdonarte la vida. Te devuelvo el sello antes de partir.

El inspector informó de lo ocurrido al gobernador de Dingzhou[47], que ordenó el arresto de los tres hermanos. Estos huyeron a Daizhou[48] en busca de Liu Hui, que al ver que Liu Bei era un miembro de la casa imperial, les dio refugio.

Pero volvamos a los diez sirvientes; por aquel entonces, todo el poder se encontraba en sus manos y decidieron matar a todo aquel que se opusiese a sus designios. Zhao Zhong y Zhao Rang enviaron a sus servidores a exigir presentes de oro y seda de los comandantes que combatieron a los Turbantes Amarillos, bajo la amenaza de perder el puesto si no lo hacían. Huangfu Song y Zhu Jun se negaron a pagar y fueron retirados de sus cargos. Las desgracias continuaron y Zhao Zhong fue nombrado General de los carros y caballería. Otros trece, incluyendo a Zhang Rang recibieron el título honorario de marqués[49]. La corrupción dominaba al gobierno y el pueblo comenzó a protestar. Pronto se sucedieron las revueltas. En Changsha[50] el bandido Ou Xing causaba estragos mientras en Yuyang[51], Zhang Ju y Zhang Chun se rebelaban. Zhang Ju se proclamó a sí mismo Hijo del Cielo con Zhang Chun como Comandante supremo. Informes y peticiones inundaron la capital, pero los diez sirvientes los ocultaron todos sin informar al emperador.

Un día, cuando el emperador disfrutaba de los placeres de la comida y la bebida en compañía de los diez sirvientes, el consejero Liu Tao perdió la compostura y se dirigió directamente al emperador.

—¡Todo lo que está bajo el cielo se derrumba y todavía su majestad se atreve a beber con los eunucos!—exclamó él.

—El país vive una época de paz y prosperidad. ¿De que peligros hablas? —respondió el emperador.

—Por todo el país los bandidos asaltan provincias y ciudades—dijo Liu Tao—. Y no hay más culpable que los diez eunucos, que han vendido los cargos del gobierno, causando grandes males al pueblo y a su emperador. Todo aquel que se consideraba virtuoso ha abandonado la corte. ¡El desastre se cierne sobre nosotros!

Ante estas palabras, los diez eunucos descubrieron sus cabezas y se arrojaron a los pies del emperador.

—¡Si el ministro Liu Tao está en nuestra contra—gritaron—, nuestras vidas están en peligro! Perdonadnos y permitid que regresemos a nuestros hogares, allí donaremos todas nuestras riquezas para ayudar al ejército.

Dicho esto, los eunucos comenzaron a llorar. El emperador, molesto por la escena, le dijo a Liu Tao:

—Tú también tienes sirvientes. ¿Cómo osas a hablar así de los míos?

Y llamó a la guardia, con orden de ejecutar a Liu Tao.

—¡No lamento mi muerte! —gritó Liu Tao. — ¡Pero lamento el destino de la dinastía Han, cuyo mandato se derrumba tras cuatro siglos!

Los guardias echaron a Liu Tao por la fuerza y a punto de llevar a cabo la sentencia del emperador se encontraban, cuando un oficial de alto rango gritó:

—¡Deteneos! Dejad que hable con el emperador.

Era el ministro del interior[52], Chen Dan.

Entró directamente en palacio y amonestó al emperador con estas palabras:

—¿Qué crímenes ha cometido Liu Tao que ha de ser ejecutado?

—Ha calumniado a mis sirvientes, insultándome con ello—replicó el emperador.

—El pueblo se comería crudos a los eunucos si pudiera, pero el Emperador los respeta como si de familiares se trataran—dijo el ministro—. No han realizado ninguna hazaña y aún así reciben títulos y honores. Incluso Feng Xu era un aliado de los Turbantes Amarillos hasta que el complot se descubrió. ¡A menos que el emperador se percate de estos hechos el país está perdido!

—Si Feng Xu es culpable de estos cargos, no estaba de ello enterado—contestó el emperador—. Pero ha de haber entre mis diez sirvientes al menos dos ministros de confianza.

Chen Dan no se dejó convencer por estas palabras, en su lugar inclinó la cabeza hasta el suelo en señal de sumisión. El emperador, ciego de ira, ordenó que lo encarcelaran junto a Liu Tao. Aquella misma noche ambos fueron ejecutados.

Rápidamente los eunucos falsificaron un decreto imperial, nombrando a Sun Jian gobernador de Changsha, para que así pudiese suprimir la rebelión de Ou Xing. En apenas cincuenta días la victoria era suya y Jiangxia estaba pacificada. Por sus logros, Sun Jian fue nombrado marqués de Wucheng.

Al mismo tiempo Liu Yu fue nombrado señor de Youzhou. Éste llevó su ejército a través de Yuyang para enfrentarse a Zhang Ju y Zhang Chun. Liu Hui de Daizhou, le envió una carta recomendándole los servicios de Liu Bei. Liu Yu agradeció los servicios de Liu Bei y le dio el rango de capitán con ordenes de asaltar la guarida de los bandidos. Trascurrieron varios días de dura lucha sin que ni siquiera los contraataques del enemigo les hicieran cejar en su empeño. Mas Zhang Chun era cruel y pronto sus hombres lo abandonaron. Uno de sus generales lo acuchilló por sorpresa y llevó su cabeza al campamento enemigo como señal de rendición. Zhang Ju viendo que no había esperanza, se ahorcó.

Yuyang estaba en paz y Liu Yu informó de los éxitos de Liu Bei al emperador. La corte le perdonó por las faltas cometidas al inspector del condado y lo nombró magistrado del condado de Xiami y al poco comandante del condado de Gaotang. Gongsun Zan también informó a la corte de sus anteriores hazañas y recomendó darle un cargo militar en alguna otra región. Pronto ascendió a gobernador del condado de Pingyuan[53], donde recibió un salario acorde a su cargo y el mando de numerosos hombres y caballos. Así, Liu Bei recuperó sus viejas costumbres antes de los días de adversidad. Por liderar la derrota de los bandidos, Liu Yu fue nombrado Gran Comandante[54].

En el verano del sexto año de la era de la Estabilidad Central, el emperador Ling cayó gravemente enfermo. A punto de morir, convocó a He Jin para discutir el futuro sucesor al trono. He Jin provenía de una humilde familia de carniceros, pero su hermana menor había entrado en palacio como consorte, dando a luz al príncipe Bian, hijo del emperador. Así fue como se convirtió en la emperatriz He y He Jin consiguió un alto cargo en palacio. Pero el emperador Ling estaba prendado de la consorte Wang, madre del príncipe Xie. La emperatriz He, celosa, la envenenó y el príncipe Xie acabó viviendo en el palacio de la Emperatriz Viuda[55] Dong, madre del emperador Ling y esposa de Liu Chang, marqués de Jiedu. Al morir sin hijos el emperador Huan, el hijo de Liu Chang, el emperador Ling ascendió al trono y llevó a su madre a palacio con el título de Emperatriz Viuda.

La Emperatriz Viuda deseaba que el príncipe Xie fuera el sucesor, y el mismo emperador se inclinaba también por el príncipe Xie. Y fue Jian Shuo, eunuco y sirviente personal del emperador, quién le dijo estas palabras viendo el final acercarse:

—Si Xie es el elegido, He Jin ha de ser asesinado para evitar futuros problemas.

El emperador estuvo de acuerdo con estas palabras y convocó a He Jin a palacio. Y en las mismas puertas de palacio se encontraba He Jin, cuando el comandante Pan Yin le advirtió:

—Si entras en palacio, Jian Shuo acabará con tu vida.

He Jin, alarmado, huyó a sus aposentos e hizo llamar a todos los ministros con la intención de acabar con los eunucos. Debatiendo se encontraban cuando un hombre, con aire desafiante, se levantó.

—Desde los tiempos de los emperadores Chong[56] y Zhi—dijo él—, la influencia de los eunucos se ha propagado como una plaga en palacio. ¿Cómo esperáis que podamos acabar con ellos? Pero ante todo hay que mantener este complot en secreto o seremos exterminados junto a nuestras familias.

He Jin lo miró y vio que se trataba de Cao Cao.

—¿Qué sabrán los oficiales de bajo rango sobre los asuntos de la corte?—replicó He Jin furioso ante su discurso.

En plena discusión, apareció Pan Yin.

—El emperador ha muerto—dijo él—. Los diez sirvientes junto a Jian Shuo han decidido mantener su muerte en secreto para falsificar un edicto convocando al Comandante supremo a palacio. Pretenden nombrar al príncipe Xie emperador.

No había aún terminado de hablar cuando llegó el edicto ordenando a He Jin dirigirse lo antes posible a palacio para resolver el problema de la sucesión.

—De momento—dijo Cao Cao—, lo más importante es escoger al correcto heredero. Podemos encargarnos de los traidores después.

—¿Quién se atreve a ayudarme?—preguntó He Jin, Comandante supremo—. El príncipe Bian es el verdadero heredero.

—¡Dame cinco mil veteranos—gritó un hombre poniéndose en pie—, y asaltaremos el palacio, matando a los eunucos y poniendo al verdadero sucesor en el trono! Entonces podremos limpiar de corrupción el gobierno y restaurar la paz.

Se trataba de Yuan Shao[57], hijo del ministro del interior Yuan Feng, y sobrino de Yuan Wei; y se encontraba al cargo del mantenimiento de la ley y los trabajos públicos. El complacido He Jin le puso al mando de cinco mil hombres de la guardia de la capital y Yuan Shao se puso a su frente ataviado en armadura completa.

Mientras tanto He Jin, He Yong, Xun You y Zheng Tai junto a otros treinta ministros, se presentaron en palacio y frente al féretro del emperador Ling proclamaron emperador al príncipe Bian.

Cuando terminó la ceremonia, Yuan Shao entró en palacio en busca de Jian Shuo. Aterrorizado, Jian Shuo trató de ocultarse en los jardines, pero fue descubierto y asesinado por Guo Sheng, uno de los diez sirvientes. Los guardias a su cargo se rindieron inmediatamente tras su muerte.

—Ahora tenemos la oportunidad de acabar con todos los eunucos—dijo Yuan Shao a He Jin.

Los diez eunucos, con Zhang Rang a la cabeza, comprendieron que su situación era desesperada y entraron en las cámaras de la emperatriz He.

—¡Piedad, emperatriz!—imploraron los eunucos—. Jian Shuo fue el único que intrigó para matar a tu hermano, no nosotros. Y ahora He Jin escucha los consejos de Yuan Shao y quiere acabar con todos los eunucos.

—No os preocupéis—contestó la emperatriz He—. ¡Yo os protegeré!

La emperatriz ordenó llamar a su hermano.

—Nosotros somos de origen humilde—le dijo la emperatriz—. De no ser por los eunucos, ¿cómo podríamos haber obtenido nuestra fortuna? Jian Shuo ha actuado sin gracia ninguna y ahora ha muerto por sus faltas. ¿Qué necesidad hay de matar al resto?

Tras estas palabras, He Jin salió fuera a hablar con sus seguidores.

—El conspirador Jian Shuo ha muerto y con él desaparecerá todo su linaje—explicó He Jin—. No hace falta causar más daño al resto.

—Si no cortamos este problema de raíz—respondió Yuan Shao—, será tu fin.

—Está decidido—dijo He Jin dando por terminada la conversación.

Apenas un día después, la emperatriz He ordenó que He Jin se encargara de la administración civil[58]; y con él todos sus familiares y conocidos fueron ascendidos. La Emperatriz Viuda Dong hizo llamar al eunuco Zhang Rang a su cámara.

—Fui yo la que ayudó a la hermana de He Jin a ascender—dijo la emperatriz Dong—, pero ahora que su hijo es emperador, todos los ministros fuera y dentro de palacio son aliados suyos. La emperatriz He es demasiado poderosa, ¿qué podemos hacer?

—Su Alteza debería dirigir personalmente el estado—contestó Zhang Rang—. Convierta al príncipe Xie en emperador y gobierne en su nombre. Puede conseguir entonces un alto cargo para su hermano, Dong Chong, y ponerle al cargo del ejército. Por último, conmigo y mis aliados en puestos importantes no habrá nada que se resista a sus designios.

La emperatriz aprobó sus palabras. Al día siguiente mediante un decreto proclamó a Liu Xian príncipe de Chenliu y a Dong Chong General de la caballería ligera[59]. Zhang Rang y el resto de eunucos volvieron a ocupar puestos de influencia en el gobierno.

Cuando la emperatriz He se dio cuenta invitó a su rival, la emperatriz Dong, a un banquete en palacio. Allí bebieron y comieron, hasta que la emperatriz He, copa en mano, se inclinó dos veces[60] diciendo:

—No somos más que mujeres después de todo y no es apropiado que intervengamos en los asuntos del estado. A principios de la dinastía Han, cuando la emperatriz Lu[61] se adueñó del poder, todo su clan fue exterminado. Debería bastarnos con vivir en nuestros palacios y dejar el gobierno en manos de los ministros.

—Envenenaste a la consorte Wang sin más razón que tus celos—dijo furiosa la Emperatriz Viuda Dong—. ¡Y sólo ahora que tu hijo es emperador y tu hermano poderoso, te atreves a hablarme con semejantes palabras! Haré que tu hermano pierda la cabeza con un simple gesto de mi mano.

—Mis palabras eran amables—contestó la emperatriz He—. ¿Por qué tanta ira?

—No eres más que hija de carniceros, ¿qué sabes tú sobre el gobierno? —gritó la emperatriz Dong.

La discusión continuó subiendo de tono hasta que los eunucos las convencieron para que se retiraran a sus aposentos. La emperatriz He hizo buscar a su hermano, al que le contó todo lo ocurrido en cuanto llegó a palacio esa misma noche. He Jin al enterarse, convocó a los tres ministros más importantes a primera hora de la mañana. La emperatriz Dong, decía la declaración que firmaron, era la esposa de un noble de bajo rango y no debería residir en palacio. Así ordenaron trasladarla a Hejian y enviaron soldados para escoltarla al mismo tiempo que la guardia de la capital rodeaba la morada de Dong Chong. Este, sabiéndose perdido, se quitó la vida antes de que le despojasen de sello y cargo.

Al ver el destino de la emperatriz Dong, los eunucos Zhang Rang y Duan Gui comenzaron a enviar lujosos presentes a He Miao, el hermano menor de He Jin, y a su madre, señora de Wuyang; para así congraciarse con la emperatriz He. De esta forma los diez eunucos volvieron a ganar peso en la corte.

En el sexto mes de aquel año, los espías de He Jin envenenaron a la emperatriz Dong en su residencia en Hejian. Sus restos fueron transportados a la capital donde fue enterrada en las tumbas imperiales Wen. He Jin, fingiéndose enfermo, no acudió al funeral.

Un día, Yuan Shao fue a visitar a He Jin.

—Zhang Rang y Duan Gui rumorean sobre ti—le dijo Yuan Shao—.

Dicen que tú mataste a la emperatriz y que tu ambición no tiene límites. Es la excusa ideal para acabar con los eunucos ahora que tus aliados y familiares ocupan los puestos claves tanto en el ejército como en la administración. Si pierdes esta oportunidad lo lamentarás como hizo Dou Wu[62].

—Hablaremos sobre ello más tarde —contestó He Jin.

Uno de sus sirvientes contó toda la conversación a Zhang Rang. Este, inmediatamente le contó la historia a He Miao, acompañada de más regalos. Así fue como He Miao acabó hablando con su hermana, la emperatriz He.

—El Comandante Supremo es sin duda el mayor apoyo del emperador, pero no posee grandes virtudes, solo piensa en el asesinato. Y si ahora acaba con los eunucos sin ningún motivo, será el caos.

Sus palabras convencieron a la emperatriz He.

Así, cuando He Jin le expresó su deseo de acabar con los eunucos, la emperatriz le contestó:

—Los eunucos están al cargo de la residencia imperial y lo han hecho así durante generaciones. Matar a los viejos sirvientes del emperador cuando acaba de morir sería una falta de respeto al templo de nuestros ancestros.

He Jin no era un hombre enérgico. Pidió disculpas en un susurro y se retiró.

—¿Qué ha sido de nuestros grandes planes? —le dijo Yuan Shao al encontrárselo.

—La Emperatriz Viuda nunca lo permitirá—contestó He Jin—. ¿Qué podemos hacer?

—Convoca un ejército a la capital y acaba con ellos —contestó Yuan Shao—. No importa lo que ella diga, es necesario.

—Es un buen plan —contestó He Jin entusiasmado e inmediatamente hizo un llamamiento a las armas.

Sólo el secretario Chen Lin protestó contra sus planes.

—No deberías hacerlo. Dice el proverbio: cubrirse un ojo mientras tratas de coger un pinzón es engañarse a uno mismo. Si en un asunto tan insignificante como este no eres capaz de imponer tu voluntad, ¿cómo lo harás en las grandes empresas? Ahora que tienes al ejército bajo tu mando y al emperador como tu aliado, puedes actuar como te plazca. Acabar con los eunucos no debería ser más difícil que encender un horno para quemar unos pocos cabellos. Basta con que actúes con entereza. Usa tu poder y todos te seguirán. Pero en lugar de eso has convocado a la capital un ejército liderado por los más importantes hombres de la nación. Con todos esos héroes, cada uno con sus propios planes, lo que harás será entregarte a sus designios. Tu autoridad desaparecerá y con ello vendrá el caos.

—Esas son las palabras de un cobarde —rió He Jin.

En ese momento, un hombre comenzó a aplaudir.

—¿A qué viene tanto discutir? La solución es tan sencilla como mover una mano.

Ambos miraron al hombre. Se trataba de Cao Cao.

Y así era: cuando el rey está ausente, el ratón entra en juego. Para evitar el caos se ha de escuchar a los hombres inteligentes de la dinastía.

Las palabras de Cao Cao se descubrirán en el próximo capítulo.

Capítulo 3

En el jardín Wenming, Dong Zhuo reprende a Ding Yuan
Con Liebre Roja, Li Su se gana a Lu Bu

Estas fueron las palabras de Cao Cao:

—Desde la antigüedad los eunucos han sido la causa de muchas desdichas, pero eso no es excusa para lo que tratas de hacer. Un carcelero es más que suficiente para capturar al principal culpable, ¿por qué emplear entonces semejante fuerza? Si intentas acabar con todos a la vez serás descubierto y tu plan fracasará.

—¿Acaso tienes un plan mejor?—contestó He Jin con sarcasmo[63].

—¡He Jin es el que traerá el caos y el desorden a este país!—gritó Cao Cao abandonando la reunión.

Entonces He Jin envió en secreto mensajeros a todos los rincones del imperio.

Pero volvamos a Dong Zhuo, marqués de la aldea Tai[64] y gobernador de la provincia de Xiliang[65], que había fracasado en la lucha contra los Turbantes Amarillos. Por semejante derrota la corte planeaba castigarle, pero sobornó a los diez sirvientes librándose de todo mal. Después, mediante sus contactos en la capital, consiguió el mando de un ejército de doscientos mil hombres situado en Xizhou[66]. Mas ni siquiera estos honores consiguieron volverle más leal. Así, cuando llegó el decreto su gozo no conoció límites y sin pérdida de tiempo marchó con su ejército hacia la capital. Su yerno, Líder de los gentiles de la corte, Niu Fu, quedó al cargo de la defensa de sus territorios[67]. Su poderoso ejército contaba con cuatro generales: Li Jue, Guo Si, Zhang Ji, y Fan Chou.

—Incluso aunque queramos obedecer el decreto—dijo Li Ru, consejero y yerno de Dong Zhuo—, es oscuro y lleno de vaguedades. Deberíamos enviar un memorial indicando claramente nuestras intenciones antes de proceder.

Complacido, Dong Zhuo envió una petición al emperador en los siguientes términos:

Como tus siervos, sabemos que la razón del caos en el país es la actuación de Zhang Rang y su calaña en contra de las leyes naturales. Se dice que es mejor apagar el fuego antes de que hierva la sopa que simplemente apartar el plato y que es mejor cortar un absceso, por muy doloroso que sea, que dejar que se infecte. Así, y con vuestro permiso, partimos a la capital haciendo sonar tambores de guerra para así barrer del mundo a Zhang Rang y sus cohortes. ¡Que la prosperidad reine en la nación y el mundo!

He Jin enseñó el memorial a sus ministros.

—Dong Zhuo es un lobo y un chacal—dijo el ministro Zheng Tai—. Y si entra en la capital devorará al pueblo.

—Con tantas dudas—le contestó He Jin—, jamás conseguiría llevar a cabo mis grandes planes.

Pero Lu Zhi también intervino.

—Conozco de sobra a ese hombre, su rostro es amable, pero tiene corazón de lobo. Una vez que entre en la capital, solo la catástrofe nos espera.

Pero He Jin era obstinado, Zheng Tai y Lu Zhi renunciaron a sus cargos y se marcharon, y junto a ellos más de la mitad de los ministros de la corte. He Jin envió un mensajero para dar la bienvenida a Dong Zhuo en Mianchi[68], donde detuvo su Ejército.

—Este es un complot de He Jin—dijo Zhang Rang a sus eunucos al enterarse de la llegada del ejército—. Tenemos que adelantarnos a sus movimientos o será nuestro fin.

Con estas intenciones ocultaron cincuenta soldados tras la Puerta de la Gran Virtud, en el Palacio de la Eterna Alegría[69] donde vivía la emperatriz He. Entonces entraron para hablar con ella.

—El Supremo Comandante ha convocado un ejército a la capital para destruirnos—dijeron los eunucos—. Se lo rogamos, emperatriz, ¡tenga piedad de nosotros!

—Id a los aposentos del Comandante y arrepentíos de vuestros excesos—les contestó la Emperatriz Viuda.

—Si vamos allí seguro que nos cortará en pedazos—contestó Zhang Rang—. Nos gustaría que lo llamaseis a palacio y le ordenéis detenerse. Si no accede, nos arrodillaremos ante vos y solicitaremos nuestra muerte.

La emperatriz hizo llamar a su hermano y camino de palacio se encontraba He Jin, cuando Chen Lin, Gran Secretario[70], le advirtió:

—Los eunucos están sin duda detrás de la petición de la emperatriz. Ir es una llamada al desastre.

—Es la emperatriz quien me ha llamado, ¿qué hay que temer? —respondió He Jin.

—Nuestro plan ya no es un secreto—dijo Yuan Shao—. ¿Estás seguro de querer entrar en palacio?

—¡Que los eunucos salgan primero! —aseveró Cao Cao.

—Parecéis niños asustadizos—sonrió He Jin—. Todo el imperio se encuentra a mis órdenes en este momento, ¿qué pueden hacer unos eunucos?

—Déjanos entonces acompañarte con una escolta bien armada—dijo Yuan Shao finalmente—. Toda precaución es poca.

Yuan Shao y Cao Cao escogieron a quinientos de sus mejores hombres y pusieron al hermano menor de Yuan Shao, Yuan Shu, al mando de la escolta. Yuan Shu, con su armadura completa, situó a sus soldados frente a la puerta del Palacio de la Eterna Alegría. Mientras, Yuan Shao y Cao Cao, las espadas desenvainadas, escoltaron a He Jin al palacio.

Pero la emperatriz solo había convocado a He Jin, y Yuan Shao junto a Cao Cao y el resto de la escolta tuvieron que esperar en el exterior del palacio. Sin inmutarse por ello, He Jin entró. Zhang Rang y Duan Gui lo esperaban en la Puerta de la Gran Virtud.

—¿Qué crímenes había cometido la emperatriz Dong para merecer ser envenenada? —le amonestó Zhang Rang con voz áspera—. ¡Ni siquiera te molestaste en atender a sus funerales, fingiéndote enfermo! Tú y tu familia no seríais nada de no ser por nosotros, y ahora planeas nuestra destrucción. Dices que nuestros actos son sucios, ¿acaso son los tuyos más limpios?

He Jin, presa del pánico, trató de escapar, pero todas las puertas estaban cerradas. Al unísono, los soldados salieron de su escondite y cortaron la cabeza de He Jin. Las generaciones posteriores lamentarían el incidente con este poema:

> *Cuando el mandato de Han llega a su fin,*
> *ni siquiera su inmenso poder lo volvería un gran estratega,*
> *Y no escuchando a su ministro más afín,*
> *en palacio ha de encontrarse con la fría daga.* [71]

Así murió He Jin. Al ver Yuan Shao que no aparecía, gritó en voz alta:

—¡Mi Comandante, el carruaje espera!

La cabeza de He Jin, tirada desde el otro lado del muro, fue la única respuesta.

—¡He Jin era un traidor y ha sido ejecutado por sus crímenes! —leyeron en un decreto los eunucos en voz alta—. Sus seguidores serán perdonados.

—¡Han matado al Gran Ministro! —clamó Yuan Shao—. Acabemos con los eunucos, ¡quién está conmigo!

Uno de los generales de He Jin, Wu Kuang, prendió fuego a la puerta.

Yuan Shu junto a sus hombres asaltó el palacio, matando a todos los eunucos con los que se encontraba, sin importar rango o edad. Yuan Shao y Cao Cao también lucharon hasta conseguir entrar. Zhao Zhong, Cheng Kuang, Xia Yun y Guo Sheng trataron de huir por la Puerta de la Cadena Azul[72], donde fueron desmembrados. El fuego se extendía y las llamas llegaban hasta el mismo cielo.

Otros cuatro de los diez sirvientes, Zhang Rang, Duan Gui, Cao Jie, y Hou Lan, irrumpieron en los aposentos imperiales y se llevaron a la Emperatriz Viuda, el Emperador Bian, y el Príncipe Xian de Chenliu al Palacio del Norte.

Lu Zhi, que había renunciado a su cargo pero no tuvo tiempo para partir, al escuchar el griterío cogió su armadura y una lanza y se preparó para la lucha. A lo lejos vio a Duan Gui, llevándose a la emperatriz.

—¡Traidor! —gritó—. ¡Cómo osas secuestrar a la Emperatriz Viuda!

El eunuco huyó y la emperatriz saltó por una ventana, donde Lu Zhi acudió inmediatamente a su rescate.

El general Wu Kuang abrió a sangre y fuego su camino hasta el interior de palacio donde se encontró con He Miao, armado con una espada.

—¡Tú también conspiraste para matar a He Jin! —le acusó el general— ¡Matémosle junto a los demás!

—¡Acabemos con el que ha traicionado a su propio hermano!—le secundaron todos.

He Miao trató de escapar, pero estaba completamente rodeado. Fue cortado en pedazos. Yuan Shao ordenó a sus soldados acabar con las familias de los diez sirvientes. Todos fueron exterminados, grandes y pequeños. En la confusión, muchos hombres sin barba fueron asesinados por error.

Cao Cao trataba de controlar el incendio. Pidió a la Emperatriz Viuda He que se hiciese cargo del gobierno temporalmente y envió a sus soldados en busca de Zhang Rang y sus hombres, así como para rescatar al joven emperador.

Pero volvamos con Zhang Rang y Duan Gui, que retenían al emperador y al príncipe de Chenliu. Tras una dura lucha consiguieron escapar a través del humo y las llamas, y en plena noche se apresuraron en dirección al Monte Mang[73]. Alrededor de la medianoche escucharon un estruendo detrás de ellos. Aparecieron hombres y caballos, a cuyo frente estaba Min Gong, asistente del gobernador de Henan.

—¡Deteneos, traidores! —gritaba.

Zhang Rang, al ver la situación desesperada, se arrojó al río. El emperador y el príncipe, ignorantes del significado de los hechos, se ocultaron tras los arbustos que había a orillas del río. Los soldados buscaron en todas partes sin saber qué había sido del emperador.

Y así, escondidos, permanecieron hasta bien avanzada la noche. El frío rocío comenzaba a cubrirlo todo y el hambre los acuciaba. Abrazados, comenzaron a llorar en silencio temerosos de ser descubiertos.

—No podemos permanecer aquí por mucho tiempo—dijo el príncipe Xian—. Debemos salir de aquí.

Los dos niños ataron sus ropas y treparon por la orilla del río. Estaba lleno de espinos y no eran capaces de ver su camino en la oscuridad. Desesperados, estaban a punto de abandonar cuando aparecieron cientos de luciérnagas que iluminaron la zona. Volaban alrededor en círculos alrededor del emperador.

—¡El Cielo ayuda a mi hermano! —exclamó el príncipe de Chenliu.

Siguieron la luz de las luciérnagas hasta un camino por el que anduvieron hasta casi el amanecer, cuando sus pies estaban tan doloridos que no podían avanzar. Pero delante de ellos, en una colina, había un almiar y a él se dirigieron. En frente de la paja, había una granja. Su dueño estaba soñando que dos soles rojos aterrizaban en su propiedad y se levantó inmediatamente para vestirse y comprobar los alrededores. Entonces vio una luz carmesí que provenía del almiar. Rápidamente se dirigió hacia allí, donde tumbados en la paja encontró a los dos jóvenes.

—¿A qué familia pertenecéis? —preguntó el hombre.

El emperador no se atrevió a responder pero su compañero lo señaló y dijo:

—Él es el emperador y yo su hermano menor, príncipe de Chenliu. Hubo una revolución en palacio y tuvimos que huir.

Sorprendido, el granjero se postró.

—Mi nombre es Cui Yi, hermano menor de Cui Lie, antiguo Ministro del interior. Su cargo fue vilipendiado por los diez sirvientes, que temían sus numerosos talentos, por lo que renunció y nos ocultamos aquí.

Y escoltó al emperador hasta su granja, donde trajo vino y comida y volvió a postrarse ante ellos.

Pero volvamos con Min Gong, que había capturado a Duan Gui.

—¿Dónde está el Hijo del Cielo? —preguntó Ming Gong.

—Nos separamos, no sé donde está.

Min Gong mató a Duan Gui y ató su cabeza sangrante al cuello de su caballo. Envió entonces a sus tropas a buscar al emperador por todos los rincones. Él mismo participó en la búsqueda montado en su caballo.

—La nación no puede estar sin su gobernante por un solo día—dijo Min Gong—. Vuelva su majestad a la capital, por favor.

No había más que un caballo marchito en la granja y lo prepararon para el emperador, mientras el joven príncipe cabalgaba con Min Gong. Apenas habían cabalgado tres li cuando se encontraron un imponente grupo de hombres y caballos que trajeron el carruaje del emperador. Estaban Wang Yun, ministro del interior; Yang Biao, Gran Comandante; Chunyu Qiong, Capitán del ejército de la izquierda; Zhao Meng, Capitán del ejército de la derecha; Bao Xin, Capitán del ejército de la retaguardia; y Yuan Shao, Capitán del ejército del centro. Gobernante y gobernados igual, todos lloraron al encontrarse.

Un mensajero fue enviado a la capital para exponer la cabeza de Duan Gui y el emperador y el Príncipe de Chenliu recibieron mejores monturas. Así, el emperador y su escolta emprendieron el camino a Luoyang donde un niño cantaba como si de un augurio se tratase:

Aún con el emperador sin imperio, y el rey sin reino[74],

cientos de caballos cabalgaban hacia el Monte Mang.

No había avanzado mucho la comitiva cuando apareció ante ellos un vasto ejército. Sus banderas ocultaban el sol y el polvo de hombres y caballos se extendía a los cielos. Los oficiales se tornaron pálidos y el emperador también estaba alarmado. Yuan Shao avanzó con su caballo y preguntó:

—¿Quién eres?

Tras las sombras de las banderas, un general apareció diciendo:

—¿Dónde está el emperador?

El emperador estaba demasiado asustado para responder, pero el príncipe de Chenliu se puso al frente en su montura.

—¿Quién osa preguntarlo? —gritó.

—El gobernador de la provincia de Xiliang, mi nombre es Dong Zhuo.

—¿Has venido a proteger la carroza imperial o a robarla? —preguntó el príncipe.

—A protegerla—respondió Dong Zhuo.

—Si es así, aquí está el Hijo del Cielo—dijo el príncipe—. ¿Por qué no desmontas?

Dong Zhuo bajó del caballo rápidamente y prestó obediencia en el lado izquierdo del camino. Entonces, el príncipe le habló a Dong Zhuo con palabras reconciliatorias, tan llenas de gracia de la primera a la última que el corazón de Dong Zhuo se llenó secretamente de admiración. Y fue entonces cuando por primera vez pensó en hacer abdicar al emperador a favor del príncipe de Chenliu.

Ese mismo día volvieron a la capital y tuvieron un conmovedor encuentro con la Emperatriz Viuda He. Pero tras restaurar el orden en Palacio, el Sello Hereditario Imperial[75] no pudo ser hallado.

Mientras tanto, Dong Zhuo había acampado con su ejército junto a las murallas de la capital y cada día entraba en la ciudad con su caballería pesada sembrando el pánico entre la población. Sin tener en cuenta las normas de etiqueta, entraba y salía de Palacio a su antojo. Bao Xin, Capitán del ejército de la retaguardia, buscó a Yuan Shao para advertirle que Dong Zhuo planeaba algo y debía ser eliminado.

—Nada puede hacerse hasta que el gobierno vuelva a estar asentado— respondió Yuan Shao.

Con las mismas inquietudes, Bao Xin acudió al Ministro del interior Wang Yun.

—Discutiremos esto más adelante—fue su respuesta.

Sin decir más, Bao Xin abandonó la capital y se dirigió al Monte Tai con el grueso del ejército.

Dong Zhuo indujo a los soldados que habían estado a las órdenes del hermano de He Jin a unirse a sus fuerzas. En privado habló con Li Ru, expresándole su deseo de deponer al Emperador y poner en su lugar al Príncipe de Chenliu.

—El gobierno carece de líderes—dijo Li Ru—. No hay mejor momento para llevar a cabo tus designios, pero retrásate y todo fracasará. Mañana mismo convoca a todos los ministros en el jardín del calor y la luz, y proclama el fin del emperador. Ejecuta a todos los que se opongan y no habrá quien te detenga.

Dong Zhuo estaba complacido.

Al día siguiente, organizó un banquete con numerosos invitados. Los ministros, temerosos, no se atrevieron a rechazar la invitación. El mismo

Dong Zhuo fue el último en aparecer, desmontó de su caballo a las puertas del jardín y entró con su espada dispuesta. Tras varias rondas de vino, Dong Zhuo ordenó dejar de servir y comenzó a hablar:

—¡Silencio! Tengo algo que decir.

Todos se inclinaron a escuchar.

—El Emperador es el gobernante de todo el pueblo. Si su comportamiento no es digno, no puede considerarse heredero del mandato ancestral. El actual emperador es débil, mientras que el príncipe de Chenliu es inteligente y ama el conocimiento. Está perfectamente preparado para ascender al trono y como tal, es mi deseo deponer al emperador e instaurar al príncipe en su lugar. ¿Qué opináis?

Todos escucharon en completo silencio sin atreverse a disentir. Todos salvo uno; de pronto uno de los invitados tiró su mesa y se levantó, gritando:

—¡No! ¡No! ¿Quién eres tú para decir semejantes palabras? El Emperador es hijo del anterior emperador y no ha hecho ningún mal. ¿Por qué debería ser depuesto entonces? Qué eres, ¿un rebelde?

El que hablaba no era otro que Ding Yuan, gobernador de Bingzhou. Dong Zhuo lo fulminó con la mirada.

—¡Aquellos que obedezcan vivirán, los que se opongan morirán!—dijo desenvainando.

Mas Li Ru, observador, vio como un imponente hombre de digno porte se posicionaba tras Ding Yuan y cogía su alabarda amenazante; los ojos ardientes de ira.

—No deberíamos tratar semejantes asuntos en un banquete—se interpuso Li Ru—. Mañana, en la sala de audiencias, habrá tiempo de sobra para discutir los asuntos de estado.

Ding Yuan, persuadido por el resto de invitados, partió en su caballo.

—¿Acaso no son razonables y justas mis palabras? —preguntó a los ministros Dong Zhuo una vez que se hubo ido.

—Me temo que su excelencia ha caído en el error—dijo Lu Zhi—. En tiempos remotos, cuando el emperador Tai Jia[76] despreció el camino de la sabiduría, Yi Yin[77] lo exilió al palacio de la Paunonia[78]. El príncipe de Changyi[79] tan sólo se sentó en el trono durante veintisiete días, pero cometió más de tres mil faltas imperdonables, por eso Huo Guang lo depuso en una ceremonia en el templo ancestral[80]. Sin embargo, y aunque nuestro actual emperador es joven, no deja de comportarse con sabiduría, inteligencia y benevolencia. No ha cometido una sola falta. Su excelencia es un gobernador provincial, sin experiencia en asuntos de estado, y sin las extraordinarias aptitudes de Yi Yin y Huo Guang[81]. ¿Cómo osa entonces imponernos su voluntad? Un hombre sabio dijo: "Sólo con la voluntad de Yi Yin puede uno actuar como él; si no, no es más que rebelión".

Dong Zhuo desenvainó furioso y habría acabado con el atrevido Lu Zhi, de no intervenir el Consejero de la Corte, Peng Bo con estas palabras:

—El ministro Lu Zhi es el centro de todas las esperanzas del pueblo. Mátalo y propagarás el terror por todo el país.

Dong Zhuo se detuvo.

—Después de beber vino—dijo el Ministro del Interior Wang Yun—, no deberíamos discutir asuntos tan importantes como la deposición de un emperador. Será mejor que continuemos mañana.

Los invitados comenzaron a retirarse. Dong Zhuo permaneció en la puerta de los jardines, viéndolos partir espada en mano. De pronto, vio a un hombre que cabalgaba arriba y abajo con una alabarda en la mano.

—¿Quién es ese jinete de aspecto tan fiero? —le preguntó a Li Ru.

—Lu Bu[82] es su nombre—contestó Li Ru—. Es el hijo adoptivo de Ding Yuan. Su excelencia haría mejor en mantenerse apartado de él.

Dong Zhuo se alejó de la puerta para no ser visto.

Al día siguiente, Ding Yuan reunió un ejército en el exterior de la ciudad y desafió a Dong Zhuo. Éste, furioso, aceptó el desafío y en compañía de Li Ru dirigió su ejército a la batalla. Ambos ejércitos se mostraban imponentes, pero todas las miradas se encontraban en Lu Bu. Iba ataviado con un casco de oro y seda trenzados, con largas plumas de faisán a sus lados. Su armadura, de cuerpo entero, estaba hecha a semejanza del *tangni*, el legendario animal conocido por su ferocidad. Completaba su atuendo un cinturón, grabado con imágenes de leones y reyes bárbaros. Galopaba al frente con su alabarda, escoltando a Ding Yuan.

—Infeliz sin duda era este país a consecuencia de las malas artes de los eunucos—amonestó Ding Yuan señalando a Dong Zhuo—. Y todo el pueblo sufría. Pero ahora tú, sin mérito alguno, tratas de deponer al legítimo emperador. ¿Cómo osas rebelarte y traer el desorden a la corte?

Antes de que Dong Zhuo llegara a responder, Lu Bu cargó a todo galope. Dong Zhuo huyó presa del pánico mientras Ding Yuan, aprovechándose de la confusión, atacaba con la totalidad de su ejército. La derrota de Dong Zhuo fue completa y tuvo que retirarse treinta li[83] antes de levantar campamento. Allí, convocó a sus generales a una asamblea.

—Lu Bu es extraordinario—dijo Dong Zhuo—. Si estuviese de mi lado, ¿quién en el mundo se atrevería a resistirse a mis designios?

Inmediatamente un hombre avanzó.

—Líbrese de preocupaciones, su excelencia—dijo él—. Soy compatriota suyo y lo conozco bien. Es valiente sin duda, pero poco astuto; abandonará sus principios si ve alguna ventaja en ello. Mi lengua es afilada y puede convencer con facilidad a Lu Bu de que luche a vuestro lado.

Dong Zhuo, complacido, miró con admiración al desconocido. Se trataba de Li Su, capitán de la guardia personal del emperador.

—¿Cómo lograrás convencerlo? —preguntó Dong Zhuo.

—Es de sobras conocido que su excelencia posee un corcel sin parangón llamado Liebre Roja, capaz de recorrer mil li[84] en un solo día. Deme ese caballo, junto con oro y perlas para que me gane su corazón. Sin duda Lu Bu traicionará a Ding Yuan y se pondrá a vuestro servicio.

Dong Zhuo pidió su opinión a su consejero Li Ru.

—Si es el deseo de su excelencia conquistar el mundo, ¿qué importa un caballo?

Dong Zhuo preparó el caballo junto con un de millar taels[85] en oro, 10 perlas de la mejor calidad y un cinturón de jade.

Cuando Li Su llegó con los regalos, varios soldados lo rodearon.

—Informad al general Lu Bu de que un viejo amigo ha venido a visitarle—les dijo.

Los soldados avisaron a Lu Bu y Li Su fue admitido en el campamento.

—Mi joven amigo—dijo Li Su observándolo—. Parece que los años te han tratado bien.

—Ha pasado mucho tiempo—contestó Lu Bu devolviendo el saludo—. Dime, ¿a qué te dedicas en estos días?

—Soy capitán de la guardia imperial—contestó Li Su—. Cuando me enteré de que habías venido al rescate del imperio, me sentí muy feliz. Tengo conmigo un extraordinario corcel, capaz de recorrer mil li en un solo día y cruzar ríos y montañas como si de llanuras se tratara. Su nombre es Liebre Roja. He venido especialmente para traértelo, pues tu valor se merece un caballo como éste.

Lu Bu hizo traer el caballo. Era de un color uniforme, rojo como tizones ardiendo, sin un solo pelo de otro color. De la cabeza a la cola medía un zhang[86] y ocho chi[87] de pezuñas a cuello. Relinchó y bramó con potencia, y por un momento pareció capaz de atravesar a galope nubes y océanos. Generaciones posteriores compusieron un poema dedicado a Liebre

Roja:

Un millar de li cabalga y el polvo a su alrededor en nubes levanta,
Partiendo la malva niebla mientras montañas y ríos cruza.
Menea la brida de jade y las riendas de seda se rompen,
Pues el dragón flameante del noveno cielo regresa[88].

—¿Cómo puedo pagarte por semejante criatura? —agradeció Lu Bu tras observar al caballo con deleite.

—¿Qué pago he de esperar? —contestó Li Su—. Si estoy aquí es solo porque es lo correcto.

Lu Bu sirvió vino a su invitado, y juntos festejaron, hasta que Li Su, ligeramente embriagado dijo:

—Tú y yo no nos encontramos muy a menudo, pero a tu honorable padre lo veo con frecuencia.

—¡Estás borracho! Mi padre lleva años muerto.

—No, no— -respondió Li Su—. Hablaba de Ding Yuan, el gobernador.

—Le sirvo porque no tengo otro remedio—contestó Lu Bu tímidamente.

—Lu Bu—dijo Li Su con seria cortesía—, tus virtudes claman al cielo y atraviesan océanos. ¿Quién en este mundo no iba a admirarte? Fama y riquezas son tuyos por derecho y aún así osas decir semejantes palabras.

—Si algo lamento es no tener un verdadero señor al que servir—dijo Lu Bu.

—El pájaro agudo escoge en qué árbol anidar; el hombre de talento, escoge a qué amo servir. Aprovecha la oportunidad cuando esta llegue, o puede que sea demasiado tarde.

—Tú sirves a la corte imperial, ¿quién es el héroe de este mundo? —preguntó Lu Bu.

—De entre todos los ministros, ninguno puede compararse a Dong Zhuo. Respeta sabiduría y conocimiento; recompensa y castiga según el mérito. Sin duda será capaz de grandes hazañas.

—Es mi deseo servirle—dijo Lu Bu—. Pero me temo que es imposible.

Entonces Li Su mostró las perlas, el oro y el cinturón de jade y los depositó ante Lu Bu.

—¿Qué significa todo esto? —preguntó atónito.

Li Su ordenó retirarse a todos los sirvientes.

—Dong Zhuo admira tu valentía, y ha ordenado que estos presentes te sean entregados. Liebre Roja también proviene de él.

—¿Pero cómo podré pagar jamás semejante amabilidad? —preguntó Lu Bu.

—Si un hombre sin talento alguno como yo ha llegado a Capitán de la guardia imperial, no me puedo imaginar las recompensas que te esperan si te pones a su servicio.

—Pero por desgracia—dijo Lu Bu—, no he hecho nada que pueda ser ofrecido a un benefactor como él.

—Hay un servicio que puedes ofrecerle, muy fácil de realizar, pero no creo que estés dispuesto.

Lu Bu meditó en silencio y, tras una larga pausa, dijo:

—Puedo matar a Ding Yuan y entregarle su ejército a Dong Zhuo. ¿No sería eso suficiente?

—¡No puedes ofrecerle mayor servicio! —respondió Li Su—Pero si vas a hacerlo, será mejor que te decidas rápido, antes de que sea demasiado tarde.

Y Lu Bu prometió a su amigo que al día siguiente todo sería cumplido, por lo que Li Su se retiró. Aquella noche en el segundo toque[89], Lu Bu entró en la tienda de Ding Yuan espada en mano. Él, que estaba leyendo a la luz de una vela, al ver a Lu Bu que llegaba dijo:

—Hijo, ¿qué percance te trae aquí?

—Soy un hombre diestro y adulto, ¡cómo voy a consentir ser tu hijo! —contestó Lu Bu.

—Lu Bu, ¿por qué este cambio en tu corazón?

Lu Bu avanzó con su espada y cortó la cabeza de Ding Yuan de un solo golpe.

—¡Guardia! —gritó Lu Bu—Ding Yuan era un tirano, y por eso lo he matado. Los que quieran seguirme que se queden. Los que no sois libres de partir.

La mitad de los soldados huyeron.

Al día siguiente, con la cabeza de Ding Yuan como tributo, Lu Bu fue a ver a Li Su que lo condujo ante Dong Zhuo. Dong Zhuo lo recibió con deleite y sirvió vino a su invitado. Entonces se inclinó con respeto y dijo:

—Conseguir un general como tú, es sentirse como un campo reseco sobre el que por fin cae la dulce lluvia.

Lu Bu se sentó a su vez y se prostró ante su invitado con estas palabras:

—Si me aceptas, quiero que seas mi nuevo padre.

Dong Zhuo le entregó como regalos una armadura de cuerpo entero, junto con ropajes de brocado. Juntos bebieron alegremente y después se separaron.

Tras estos acontecimientos, el prestigio de Dong Zhuo se hizo aún más fuerte, y se invistió a sí mismo con el título de General del ejército de vanguardia[90]. Su hermano, Dong Min, recibió los títulos de Marqués del condado de Hu[91] y General del flanco izquierdo. Lu Bu fue ascendido a Capitán de la caballería, poniéndole también al cargo del distrito de la capital. Li Ru urgió a Dong Zhuo a completar su plan de derrocar al emperador. El ahora todo poderoso Dong Zhuo preparó un banquete en palacio al que invitó a todos los altos cargos del gobierno. Ordenó también a Lu Bu desplegar una guardia de un millar de soldados a derecha e izquierda.

Aquel día, todos los altos mandatarios estaban presentes, incluyendo al Gran Tutor[92], Yuan Wei[93]. Bebieron y festejaron hasta que Dong Zhuo desenvainó su espada y dijo:

—El emperador es débil e ignorante. No es digno de realizar las ofrendas en el ancestral templo imperial. Siguiendo los precedentes de Yi Yin y Huo Guang, voy a rebajarlo a Príncipe de Hongnong y le daré el título de emperador al Príncipe de Chenliu. ¡Todo aquel que se oponga a mis designios será ejecutado!

El miedo se adueñó de los ministros y nadie se atrevió a hablar. Solo Yuan Shao, Capitán del ejército del centro, se atrevió a levantarse.

—El emperador está libre de toda falta y solo ha ejercido el poder durante un corto período de tiempo. ¿Y ahora tratas de deponer al hijo de una emperatriz por el de una concubina? ¡Eso se llama traición y nada más!

—¡Controlo todo bajo el cielo! —gritó Dong Zhuo—. ¿Quién crees que se atreverá a oponerse a mis designios? ¿O acaso crees que mi espada carece de filo?

—¡Si crees que tu espada está afilada espera a probar la mía!

Ambos se pusieron en guardia.

Ding Yuan defendió la justicia y su cuerpo fue el primero en ser enterrado, Yuan Shao se enzarza en una lucha hasta el final y su vida está en peligro.

¿Cuál fue el destino de Yuan Shao? La respuesta en el próximo capítulo.

LUO GUANZHONG

Capítulo 4

Al deponer al soberano Han, el príncipe de Chenliu se convierte en emperador
Conspirando contra el malvado Dong Zhuo, Cao Cao entrega una daga

—No deberías matar sin pensar mientras todavía no hay nada decidido— le detuvo Li Ru.

Yuan Shao, todavía espada en mano, se despidió de los presentes y salió. Dejó su sello oficial en la puerta oriental y partió a Jizhou.

—Tu sobrino carece de modales—indicó Dong Zhuo a Yuan Wei—, pero le perdono, pues no quiero verte sufrir. ¿Cuál es tu opinión sobre mi plan?

—Si eso es lo que crees, así sea—respondió.

—Aquel que se atreva a oponerse a mis planes será castigado según la ley marcial—dijo Dong Zhuo.

Los ministros, asustados, juraron obedecer.

Con el banquete terminado, Dong Zhuo consultó con su consejero Zhou Bi y el capitán Wu Qiong, qué pensaban de la partida de Yuan Shao.

—Yuan Shao se fue dominado por la ira; si le causamos cualquier mal, nada bueno puede surgir de ello. Más aún teniendo en cuenta que la familia Yuan es conocida por proteger al pueblo por cuatro generaciones, y tienen protegidos y aliados por todo el país. Si reúnen a sus seguidores, muchos guerreros se les unirán y la totalidad de las Montañas Shandong estarán perdidas. Será mejor que perdones a Yuan Shao y le ofrezcas el puesto de gobernador. Él estará contento de ser perdonado y dejará de ser peligroso.

—Yuan Shao es dado a los planes, pero le falta capacidad de decisión.

No tenemos que preocuparnos por él. Pero sería útil nombrarle gobernador y ganar el favor del pueblo.

Dong Zhuo siguió sus consejos y ese mismo día envió un mensajero para ofrecerle el cargo de gobernador de Bohai.

El primer día de la novena luna[94], el emperador fue invitado a la Sala de la Virtud donde todos los cargos militares y civiles habían sido convocados.

Allí, Dong Zhuo, espada en mano, se enfrentó a los presentes con estas palabras:

—El emperador es débil e ignorante, indigno de la responsabilidad de gobernar el país. ¡Tengo una proclamación que deseo leer en alto!

El emperador Ling abandonó demasiado pronto a sus súbditos. El emperador es el punto de referencia de la tierra. Bajo el actual emperador Bian, el Cielo no nos ha concedido sus bendiciones. Su dignidad y porte son deficiente y peor aún; falló en su deber de velar al difunto emperador. Su madre, la emperatriz He, no lo ha educado adecuadamente, y por ello el estado ha caído en el caos. La emperatriz Dong murió de repente y nadie sabe por qué. ¿Acaso no se han violado las tres relaciones[95] que unen Cielo y Tierra?

Mas Liu Xian, príncipe de Chenliu, es sabio, virtuoso y actúa con decoro. Su comportamiento es más que apropiado: su luto es sincero, y su forma de hablar siempre correcta. Todo el imperio lo elogia. Con él, el país se vería unificado por diez mil generaciones.

El actual emperador es por tanto depuesto y nombrado príncipe de Hongnong, y la emperatriz He ha de retirarse de la administración. Ruego al príncipe de Chenliu que acepte el trono, en conformidad con los deseos del Cielo, la Tierra y el hombre, y así dé esperanza al pueblo.

Concluida la lectura, Dong Zhuo ordenó a sus subordinados ayudar a descender al emperador del trono. Confiscaron el Sello Hereditario Imperial y lo hicieron arrodillarse cara al Norte, donde juró ser un fiel súbdito y seguir las órdenes que se le dieran[96]. Dong Zhuo incluso ordenó quitar a la emperatriz He de sus ropajes reales, y esperar al mandato imperial. Emperador y emperatriz viuda comenzaron a llorar amargamente, y todos los ministros estaban conmovidos.

Uno de los ministros gritó:

—¡Dong Zhuo, maldito bandido! Como osas perpetrar semejante insulto al Cielo. Prefiero cubrirte con mi sangre que vivir bajo tu tiranía.

Y se lanzó sobre Dong Zhuo mientras trataba de atacarlo con su tableta de marfil[97].

Dong Zhuo ordenó a los soldados su captura. Se trataba de Ding Guan, Secretario Imperial. Fue retirado de la sala y decapitado. Ding Guan no cesó de maldecir al opresor sin temer a la muerte. Generaciones posteriores escribirían un triste poema a su persona:

Por todos los medios posibles Dong Zhuo el traidor,
Planeó cómo arruinar el legado Han y deponer al emperador.
Presentes estaban todos los ministros del imperio,
Mas solo el noble Ding Guan respondió con valentía al improperio.[98]

Dong Zhuo invitó al Príncipe de Chenliu a ascender al trono, donde recibió las felicitaciones de todos los ministros. Tras el fin de la ceremonia la emperatriz viuda He, junto al príncipe de Hongnong y su esposa, Lady Tang, fueron exiliados al palacio de la paz eterna[99]. No estaba permitida la entrada de ninguna visita que no recibiese autorización, y las puertas permanecían cerradas.

En apenas cinco meses lunares, el joven emperador había concluido su mandato.

El nuevo emperador, Príncipe Xie de Chenliu[100], era el segundo hijo del emperador Ling, y sería conocido en la historia como emperador Xian. Tenía nueve años de edad. El nombre de la era fue cambiado a Inauguración de la paz[101].

Dong Zhuo tomó para sí el cargo de Primer Ministro. Pero no anunciaba su nombre durante las audiencias con el emperador, y entraba y salía a placer de la corte a la que entraba armado y calzado[102]. Su tiranía no conocía limites.

Li Ru aconsejó a Dong Zhuo emplear personas de reputación para mejorar su popularidad. Así que Dong Zhuo devolvió sus cargos a muchos de los que fueran perseguidos por los eunucos. Para aquellos que ya habían muerto, dio rango a sus herederos. Al enterarse de que Cai Yong era un hombre de talento, Dong Zhuo lo convocó. Pero Cai Yong no se presentó. Dong Zhuo envió un emisario con el siguiente mensaje:

Si no te presentas, todo tu clan será exterminado.

Aterrorizado, Cai Yong se presentó. A Dong Zhuo le cayó en gracia y lo visitaba a menudo, tratándole con cariño y convirtiéndolo en uno de sus consejeros.

Pero volvamos al antiguo joven emperador, que junto a su madre y su esposa estaban encerrados en el palacio de la paz eterna. Cada día recibían menos ropa y comida, y el joven emperador lloraba sin descanso. Un día vio dos golondrinas volando que le inspiraron el siguiente poema:

Fría niebla sobre la verde hierba; dos golondrinas en vuelo.
Azules aguas del río Luo[103], envidia de los que se alzan entre los campos.
Veo en la distancia nubes cerúleas sobre mi antiguo palacio.
¿Cuántos hombres virtuosos son de confianza? A ellos expreso mi odio.

Dong Zhuo enviaba con frecuencia mensajeros para que lo mantuviesen informado; el mismo día se adueñaron del poema y se lo entregaron a Dong Zhuo.

—Así que muestra su resentimiento componiendo poemas—dijo Dong Zhuo—. Ahora tengo una excusa para matarlo.

Dio orden a Li Ru de entrar en el palacio con diez soldados, para realizar el magnicidio. El Emperador se encontraba escaleras arriba con su esposa y la Emperatriz Viuda Grande fue la sorpresa del emperador cuando la dama de honor anunció el nombre del visitante.

Cuando Li Ru ofreció vino envenenado, el Emperador preguntó qué significaba aquello.

—En la primavera reina la armonía—explicó Li Ru—, por lo que el Primer Ministro os envía este vino para honrar vuestro cumpleaños.

—Ya que este vino es para celebrar su cumpleaños—contestó la emperatriz viuda He—, puedes probarlo primero.

Li Ru contestó con brutalidad:

—¿No va a beber?

Ordenó a sus hombres mostrar dagas y cordeles de seda blanca.

—Si no bebes el vino, estos serán tus regalos.

La consorte Tang se arrodilló implorando.

—Yo beberé el vino en lugar del Emperador; ¡respeta las vidas de una madre y su hijo!

—¿Y quién eres tú para morir en lugar de un monarca? —la reprendió Li Ru.

Y cogiendo el vino le dijo a la emperatriz He:

—Puedes probarlo primero.

La emperatriz maldijo a su hermano, He Jin, por haber llamado a los bandidos a la capital. Li Ru se acercó al emperador.

—Déjame despedirme de mi madre—imploró.

Emocionado, compuso estos versos a modo de despedida:

Cielo y Tierra han cambiado; Sol y Luna se han dado la vuelta;
El señor de los diez mil carros en retirada a la frontera.
¡Aciago destino! Inmediata la orden, en su forma insistente.
Con todo perdido, mis lágrimas caen en el vacío.

La consorte Tang también recitó un poema que dice así:

El gran y poderoso Cielo ha colapsado. La vasta tierra está en ruinas.
Como concubina del emperador, lamentaría no acompañarlo hasta la
otra vida.
Vida y muerte, caminos separados son que ahora tomamos.
¿Cómo ha caído esta soledad sobre mí? ¡De tristeza se llena mi corazón!

Concluidos los versos se abrazaron el uno al otro entre lágrimas.

Li Ru gruñó:

—El Primer Ministro espera impaciente nuestro informe, y nos estáis
retrasando. ¿Acaso creéis que alguien os salvará?

—El Cielo nos ha abandonado y ese bandido de Dong Zhuo acorrala a
una madre y a su hijo—maldijo la emperatriz viuda—. ¡Pero tú, que
ejecutas este crimen, serás castigado junto a toda tu progenie!

Li Ru, furioso, agarró a la emperatriz con ambas manos y la arrojó por la
ventana. Entonces ordenó a los soldados que estrangularan a la consorte
Tang, y forzó al joven emperador a tragar el vino envenenado. Concluida
su misión relató los hechos a su amo, que ordenó enterrar los cuerpos
fuera de la ciudad.

Desde entonces, Dong Zhuo entraba en palacio cada tarde y violaba a las concubinas imperiales; para pasar después la noche en la cama del dragón[104].

Una vez, en el segundo mes lunar, dirigió su ejército a los alrededores de Yancheng, donde los aldeanos celebraban el festival de la primavera. Dong Zhuo ordenó a sus hombres rodearles y atacar. Se llevaron el botín y a las mujeres y los metieron en sus carros junto a más de mil cabezas decapitadas. Regresaron a la capital en una larga procesión, divulgando la historia de que habían obtenido una gran victoria sobre los rebeldes. Quemaron las cabezas a las puertas de la ciudad, y mujeres y botín fueron repartidos entre los soldados.

Wu Fu, Capitán de la caballería ligera, no podía soportar la crueldad de Dong Zhuo y esperaba una oportunidad para matarlo. Así que constantemente llevaba una armadura ligera bajo su vestimenta ceremonial, junto con una daga oculta. Un día, mientras Dong Zhuo se dirigía a la corte, Wu Fu se lo encontró en los escalones; esgrimió su daga y lo atacó. Pero Dong Zhuo era un hombre fuerte y con ambas manos agarró el brazo del atacante hasta que Lu Bu acudió en su ayuda.

—¿Quién te ha llevado a traicionarme? —preguntó Dong Zhuo.

Wu Fu lo miró con odio y gritó:

—Tú no eres mi soberano, ni yo tu ministro, ¿dónde está la traición? ¡Tantos son tus crímenes que cubren los cielos, y no existe una persona que no te mataría si tuviera la oportunidad! ¡Mi pena es que no pude atarte a dos carros para que te desmembraran y así apaciguar al mundo!

Dong Zhuo ordenó que lo llevaran fuera para ahogarlo y desmembrarlo. Wu Fu continuó maldiciendo hasta el mismo momento de su muerte. Generaciones posteriores compondrían un poema en su honor.

En el ocaso de los Han, los ministros leales hablaban de Wu Fu.
Su heroísmo no conocía límites;
Y en la misma corte trataría de acabar con el bandido.
Por siempre se sabrá que él era un hombre de verdad.

Desde entonces, Dong Zhuo siempre fue acompañado de una escolta.

En Bohai, Yuan Shao se enteró del mal uso que Dong Zhuo hacia del poder y envió un mensaje secreto a Wang Yun, ministro del interior:

El malvado Dong Zhuo ha desafiado al Cielo y depuesto al soberano. Que la gente común no se atreva a decir nada es comprensible; pero tú has actuado frente a sus agresiones como si no supieses nada de las mismas. ¿Cómo puedes declararte leal servidor del imperio? Estoy reuniendo un ejército y es mi deseo limpiar la corte, pero no quiero actuar apresuradamente. Si estás a mi favor, no perderás la oportunidad de conspirar contra él. Cualquier tarea que quieras asignarme, estoy a tus ordenes.

El mensaje llegó, pero Wang Yun no encontró ninguna oportunidad de actuar contra Dong Zhuo. Un día, viendo que todos los ministros con muchos años de servicio estaban juntos, le dijo a sus colegas:

—Hoy es mi cumpleaños, os ruego que vengáis a mi residencia esta tarde para una pequeña fiesta.

—Iremos—contestaron—. Y te desearemos una larga vida.

Aquella noche Wang Yun preparó un banquete, y los principales ministros acudieron. De repente, tras unas cuentas rondas de vino, el anfitrión se cubrió el rostro con ambas manos y comenzó a llorar.

Los invitados estaban atónitos.

—Ministro del interior, si es tu cumpleaños, ¿a qué viene tanta tristeza?

—No es mi cumpleaños—respondió Wang Yun—. No es más que un pretexto. Pretendía reuniros a todos y temía las sospechas de Dong Zhuo. Ese hombre insulta al Emperador y abusa de su poder; el país entero está en peligro. Me hace pensar en los días en los que el Emperador Gao derrotó a Qin y aniquiló a Chu obteniendo todo lo que está bajo el cielo. ¿Quién imaginaría sus logros subyugados por Dong Zhuo? Por eso lloro.

Todos los ministros comenzaron a llorar.

Pero uno de los que estaban sentados entre los invitados reía y aplaudía.

—Si todos los ministros lloran hasta el amanecer, y del amanecer hasta la noche, ¿mataría esto a Dong Zhuo?

Wang Yun lo miró, era el Capitán de caballería Cao Cao.

—Tus ancestros han disfrutado la magnificencia de la dinastía Han— contestó Wang Yun furioso—. ¿Y ahora te ríes en lugar de servir a tu país?

—Me río ante la absurdidad de que una asamblea como ésta no sea capaz de matar a un solo hombre. Aunque no posea talento alguno, cortaré su cabeza y la colgaré en las puertas de la capital como ofrenda al pueblo.

Con respeto, Wang Yun abandonó su asiento y se acercó a Cao Cao.

—Durante este tiempo—continuó Cao Cao—, me he sometido a Dong Zhuo con la única intención de buscar una oportunidad de acabar con él. Ahora empiezo a ser de su confianza, y en ocasiones puedo acercarme a él. He oído que posees una daga llamada la daga de las siete estrellas; si me la prestas, iré a su palacio y lo mataré aunque ello signifique mi muerte.

—¡Si así es en verdad el mundo es afortunado!—dijo Wang Yun.

Entonces, él en persona sirvió una copa de vino a Cao Cao que hizo solemne juramento mientras dejaba caer lentamente el vino en el suelo[105], tras lo cual le entregó la daga. Cao Cao la ocultó bajo la ropa, terminó el vino, saludó a los presentes y abandonó la sala. Al poco tiempo los demás siguieron su ejemplo y se fueron.

Al día siguiente, con la daga, Cao Cao fue al palacio del Primer Ministro, y preguntó por su paradero.

—Está en su pequeño gabinete—le respondieron los sirvientes.

Cao Cao fue entonces a verlo y lo encontró sentado en su cama con Lu Bu a su lado.

—¿Cómo has llegado tan tarde? —dijo Dong Zhuo.

—Mi caballo es débil—contestó Cao Cao—. Por eso llego tarde.

—Tengo algunos caballos excelentes que me han traído de Xiliang[106], Lu Bu, ¿por qué no le proporcionas una buena montura?

Lu Bu se fue.

—Ahora es el momento de acabar con el traidor—pensó Cao Cao.

Se preparó para atacarle, pero Cao Cao sabía que Dong Zhuo poseía una fortaleza extraordinaria por lo que no quería actuar precipitadamente.

Ahora bien, tal era la corpulencia de Dong Zhuo que no podía permanecer sentado por mucho tiempo así que se tumbó con la cara vuelta.

—¡Ahora sí es el momento! —pensó Cao Cao de nuevo.

Rápidamente esgrimió su daga, pero cuando iba a atacar, Dong Zhuo vio en un espejo el reflejo de Cao Cao tras él, daga en mano.

—Cao Cao, ¿qué estás haciendo? —preguntó Dong Zhuo dándose la vuelta rápidamente.

En ese momento, apareció Lu Bu con un caballo.

Rápidamente Cao Cao se arrodilló.

—Tengo una daga que desearía entregaros—dijo.

Dong Zhuo la cogió. Apenas medía un chi[107] y estaba decorada con los siete tesoros[108], un arma sin igual a decir verdad. Dong Zhuo le entregó a Lu Bu la daga, y Cao Cao le ofreció la vaina.

Salieron a ver el caballo. Cao Cao se deshizo en agradecimientos y pidió probar la montura. A orden de Dong Zhuo trajeron una silla y bridas. Cao Cao montó en el animal, lo fustigó con vigor y galopó hacia el Este.

—Según entraba, me pareció más bien que Cao Cao estaba a punto de atacarte—dijo Lu Bu a Dong Zhuo—. Debo haberle interrumpido, y por eso os ha entregado la daga.

—Yo también lo sospecho—contestó Dong Zhuo.

Mientras hablaban, apareció Li Ru. Tras ponerle al corriente dijo:

—Cao Cao no tiene a su familia en la capital, sino que vive solo. Mandad a alguien en su busca, si viene inmediatamente la espada era un regalo. Pero si presenta cualquier excusa, sus intenciones no eran honestas y lo mejor sería arrestarlo.

Enviaron cuatro guardias para convocar a Cao Cao. Volvieron mucho tiempo después diciendo:

—Cao Cao no ha vuelto a su casa sino que salió de la ciudad a caballo por la puerta oriental. Cuando el guardián de la puerta le preguntó a dónde iba, respondió que partía en una misión especial del Primer Ministro y después se fue a toda prisa.

—Su traicionero corazón lo ha llevado a huir. ¡No hay duda de que pretendía asesinarte!—señaló Li Ru.

—¡Después de todo lo que he hecho por él, todavía trata de asesinarme!—dijo Dong Zhuo rabioso.

—Debe ser un complot—continuó Li Ru—. Cuando lo capturemos, sabremos más sobre el asunto.

Retratos de Cao Cao fueron enviados a todas partes con órdenes de captura. Mil piezas de oro y el título de marqués de un millar de casas[109] eran la recompensa a aquel que consiguiera atraparlo, mientras que aquellos que lo ocultasen, serían castigados.

Pero volvamos con Cao Cao, que huía de la ciudad a galope camino de Qiao, su condado natal. Mientras cruzaba Zhongmou fue detenido por soldados de la guarnición y conducido ante el gobernador del condado donde aseguró que era un comerciante de nombre Huangfu.

El gobernador miró de cerca a Cao Cao en silencio.

—Cuando estaba en Luoyang tratando de conseguir un puesto, eras conocido como Cao Cao. ¿Por qué ocultas tu verdadera identidad? Cogedlo y encerradlo en una celda. Mañana lo enviaremos a la capital y pediremos la recompensa.

Todos los soldados de la guarnición recibieron raciones extra de comida y vino.

A la medianoche, el gobernador envió a su ayudante personal para que discretamente trajera a Cao Cao a sus habitaciones para interrogarlo.

—Dicen que el Primer Ministro te ha tratado bien, ¿por qué has tratado de matarlo?

—¿Cómo puede un pequeño pájaro cantor entender las ambiciones de un cisne[110]?—contestó Cao Cao—. Me has capturado, y ahora puedes fácilmente enviarme a la capital y conseguir tu recompensa, ¿a qué vienen tantas preguntas?

El gobernador ordenó retirarse a sus ayudantes.

—No me desprecies. No soy un magistrado farsante, simplemente no he encontrado a quién servir todavía.

—Mis ancestros disfrutaron de la munificencia de los Han durante generaciones—explicó Cao Cao—. Si no encuentro una manera de servirles, ¿qué me diferenciaría de una bestia? Me arrodillé ante Dong Zhuo con la intención de conseguir una oportunidad de acabar con él y terminar con los males de este mundo. Que haya fallado, es la voluntad del Cielo.

—¿Y a dónde te dirigías?

—Volvía a mi hogar. Pretendía crear un falso edicto imperial para llamar a las armas a todos los nobles del país y así tratar de acabar con el tirano.

Tras oir esta explicación, el gobernador en persona cortó las cuerdas, y lo ayudó a sentarse en una silla. Entonces se postró ante él, diciendo:

—¡Eres un servidor leal a tu país!

Cao Cao se inclinó a su vez preguntando el nombre del gobernador.

—Me llamo Chen Gong[111], mi querida y anciana madre y mi esposa están en el condado de Dongjun. Estoy emocionado por tu entereza y lealtad y deseo abandonar mi cargo y seguirte a dónde vayas.

Cao Cao era feliz por el cambio en los acontecimientos. Aquella misma noche, Chen Gong reunió algo de dinero para el viaje y dio a Cao Cao una nueva vestimenta. Entonces cada uno cogió una espada y partieron a caballo en dirección a Qiao.

Tras tres días de viaje llegaron a los alrededores de Chenggao al anochecer. Cao Cao señaló con su fusta al bosque y dijo:

—Allí vive Lu Boshe, hermano de sangre de mi padre. ¿Qué te parece si pasamos allí la noche y tratamos de conseguir nuevas sobre mi familia?

—¡Perfecto!—contestó Chen Gong y ambos cabalgaron hasta una villa.

—He oído que la corte ha ofrecido una recompensa por ti, y que te están buscando por todas partes—dijo Lu Boshe—. Tu padre ya ha huido a Chenliu. ¿Cómo has conseguido llegar hasta aquí?

Cao Cao le contó la historia.

—De no ser por este hombre, sería picadillo ahora mismo.

Lu Boshe se inclinó ante Chen Gong con estas palabras:

—Eres la salvación de la familia Cao. ¿Por qué no os sentáis y descansáis? Esta noche os acomodaréis en mi humilde cabaña.

Lu Boshe se levantó y entró. Después de un rato, volvió y dijo a Chen Gong:

—No tengo ningún vino decente en la casa. Si me lo permites, voy a la aldea a comprar una jarra.

Y se fue rápidamente montado en su asno.

Después de un tiempo sentados, oyeron de pronto el sonido del afilar de cuchillos en la parte de atrás.

—No es mi verdadero tío—dijo Cao Cao—. Y empiezo a sospechar del significado de todo esto. Vamos a escuchar a escondidas.

Así que en silencio se dirigieron a la parte de atrás de la casa, donde oyeron voces que decían:

—Primero los atamos y luego los matamos, ¿de acuerdo?

—Como pensaba—dijo Cao Cao—. ¡Si no los atacamos ahora nos matarán!

Ambos desenvainaron y entraron en la casa, matando a todos sus moradores, hombres y mujeres, ocho personas en total.

Pero cuando investigaron en la casa encontraron dos cerdos atados listos para la matanza.

—Has sido demasiado suspicaz, ¡y hemos matado a gente honesta!—dijo Chen Gong.

Rápidamente montaron en sus caballos y huyeron.

Apenas habían avanzado dos li, cuando se encontraron a Lu Boshe volviendo a casa en su asno con verduras, fruta y vino.

—¿Por qué os vais? —preguntó Lu Boshe.

—Aquellos que son buscados por la ley no deberían permanecer mucho tiempo en el mismo sitio.

—Pero he ordenado que maten dos cerdos en vuestro honor; ¿Qué tiene de malo que estéis por una noche? Os ruego que volváis conmigo.

Cao Cao no le presto atención, espoleó a su caballo y continuó su camino. Tras solo unos pocos pasos, desenvainó de repente y se dio la vuelta.

—¿Quién es ése que se acerca?

Cuando Lu Boshe se giró, Cao Cao alzó su espada y cortó a Lu Boshe haciéndolo caer de su asno.

Chen Gong estaba estupefacto.

—Ya hicimos bastante daño antes, ¿a qué viene esto?

—Si hubiese vuelto a casa y visto a su familia muerta—dijo Cao Cao—, ¿qué crees que habría hecho? De haber buscado ayuda para encontrarnos, sin duda significaría problemas.

—Pero esto es un asesinato premeditado. ¡Es completamente inmoral!

—Prefiero traicionar al mundo, que permitir que el mundo me traicione—sentenció Cao Cao.

Chen Gong no supo qué decir.

Esa misma noche, tras viajar unos pocos li, llamaron a una posada hasta que les permitieron entrar. Tras alimentar a los caballos, Cao Cao fue el primero en irse a dormir.

Mas Chen Gong meditaba tumbado:

"Abandoné mi cargo porque pensé que era una buena persona, ¡pero este hombre es cruel y sin corazón! Si no lo detengo ahora mismo, seguro que traerá calamidades."

Y Chen Gong se levantó espada en mano para matar a Cao Cao.

Al contrario que el hombre recto, su corazón está repleto de veneno. Al final resultó que Cao y Zhuo eran de la misma calaña.

¿Cuál fue el destino de Cao Cao? Continúa leyendo y encontrarás la respuesta.

Capítulo 5

**Con un falso edicto, Cao Cao convoca a los poderosos nobles
Tres héroes se enfrentan a Lu Bu**

Volvamos a Chen Gong, que estaba a punto de matar a Cao Cao.

—Me he unido a él por el bien del país; matarlo sería inmoral— reflexionó—. Será mejor que me retire en silencio.

Sin esperar al amanecer, envainó y montó en su caballo para volver al condado de Dong. Cuando Cao Cao se despertó y vio que su compañero no estaba, pensó:

—Por unas cuantas frases egoístas, Chen Gong cree que soy inhumano y me ha abandonado. Será mejor que no permanezca aquí por mucho tiempo.

Y así partió esa misma noche en busca de su padre, al que contó lo sucedido. Quería usar los recursos de la familia para crear un ejército.

—Nuestros recursos son limitados—dijo su padre—, e insuficientes para tener éxito. Sin embargo, hay un miembro del gobierno local famoso por poner la virtud por encima de la riqueza, y cuya familia dispone de los medios. Su nombre es Wei Hong y con su ayuda, podremos alcanzar el éxito.

Cao Cao preparó un banquete e invitó a Wei Hong. Éstas fueron sus palabras:

—La dinastía Han no tiene soberano alguno, y Dong Zhuo es en verdad un tirano. Desprecia a su príncipe y hace sufrir al pueblo, cuyos dientes rechinan de frustración. Me gustaría restaurar el poder de los Han, pero mis medios son insuficientes. Como leal servidor del imperio, le imploro su ayuda.

—Hace mucho que éste es mi deseo, pero no he sido capaz de encontrar a ningún héroe digno—dijo Wei Hong—. Si tal es tu determinación, Cao Cao, estoy dispuesto a entregar todas mis propiedades a la causa.

Éstas eran grandes noticias. Cao Cao preparó un falso edicto imperial, que recorrió todos los rincones. Así creó un cuerpo de voluntarios y alzó un gran estandarte blanco con las palabras: "Lealtad al imperio"[112], escritas en él. En apenas unos pocos días, los voluntarios engrosaron su ejército como gotas de lluvia en una tormenta.

Un día dos hombres se pusieron al servicio de Cao Cao, uno era Yue Jin[113], proveniente de Yangping; y Li Dian[114], proveniente de Juye era el otro. Ambos fueron nombrados generales de campo. Proveniente de Qiao vino otro hombre, descendiente de Xiahou Ying [115], Xiahou Dun[116] era su nombre. Adiestrado en el manejo de la lanza y el cayado desde pequeño, con catorce años encontró a un sabio que comenzó su adiestramiento formal en el arte de la guerra. Alguien insultó a su maestro y Xiahou Dun lo mató, pero tuvo que huir. Cuando supo que Cao Cao estaba organizando un ejército, vino con su pariente Xiahou Yuan. Cada uno de ellos llegó acompañado de un millar de guerreros. Ambos eran familiares de los Cao. El padre de Cao Cao era originalmente de la familia Xiahou, hasta que fue adoptado por la familia Cao.

Apenas dos días después otros dos miembros de la familia Cao: Cao Ren[117] y Cao Hong[118], se unieron con un millar de seguidores cada uno. Ambos eran diestros en el uso de las armas y el arte de la guerra. Cao Cao, exultante, comenzó a entrenar a los soldados y a la caballería allí mismo. Wei Hong gastó a manos llenas en armaduras y banderas. De todas partes llegaban presentes en forma de provisiones.

Cuando Yuan Shao recibió el falso edicto imperial, llamó a todos aquellos que se encontraban bajo sus órdenes hasta reunir una fuerza de treinta mil. Entonces partió de Bohai en dirección a Qiao para aliarse con Cao Cao. Cao Cao escribió una llamada a las armas, que fue enviada a todos los rincones del imperio.

Cao Cao y sus asociados, en interés de la justicia y del deber, proclaman lo siguiente ante todo lo que está bajo el cielo: Dong Zhuo ha engañado al Cielo y a la Tierra, destruido el estado y asesinado al Emperador; ha mancillado el Palacio y oprimido al pueblo. ¡Es salvaje y cruel, y sus crímenes no tienen fin! Ahora hemos recibido un decreto secreto del emperador y, en su nombre, organizado un gran ejército para limpiar nuestra ilustre tierra[119] y exterminar a los asesinos. Un ejército que busca nada más que la justicia y apoya la ira del pueblo. Debemos apoyar la dinastía y salvar al hombre humilde. Esta llamada a las armas será efectiva inmediatamente después de su recibimiento.

Y así, al recibir estas palabras, todos los nobles al cargo de un ejército respondieron:

1. Yuan Shu, gobernador de la comandancia de Nanyang
2. Han Fu, gobernador de la provincia de Jizhou
3. Kong Zhou, gobernador de la provincia de Yuzhou
4. Liu Dai, gobernador de la provincia de Yanzhou
5. Wang Kuang, gobernador de la comandancia de Henei
6. Zhang Miao, gobernador de la comandancia de Chenliu
7. Qiao Mao, gobernador de la comandancia de Dong
8. Yuan Yi, gobernador de la comandancia de Shanyang
9. Bao Xin, ministro del reino de Jibei[120]
10. Kong Rong, gobernador de la comandancia de Beihai
11. Zhang Chao, gobernador de la comandancia de Guangling
12. Tao Qian, gobernador de la provincia de Xuzhou
13. Ma teng, gobernador de la comandancia de Xiliang
14. Gongsun Zan, gobernador de la comandancia de Beiping
15. Zhang Yang, gobernador de la comandancia de Shangdang
16. Sun Jian, gobernador de la comandancia de Bohai y marqués de Wucheng
17. Yuan Shao, gobernador de la comandancia de Bohai y marqués de Qixiang

Señores de la guerra (190 d.C.)

Pero volvamos con Gongsun Zan, gobernador de la comandancia de Beiping, que atravesaba el condado de Pingyuan con un ejército de quince mil hombres. Allí vieron una bandera amarilla entre las moreras bajo la cual marchaba una pequeña compañía. Al ver que era Liu Bei, Gongsun Zan preguntó:

—Mi joven colega, ¿qué haces aquí?

—Gracias a tu amabilidad gobierno estas tierras, así que cuando escuché que tu ejército se acercaba, vine para saludarte y ofrecerte descanso a ti y tus monturas en mi ciudad.

—¿Y quiénes son ellos?—preguntó Gongsun Zan señalando a Zhang Fei y Guan Yu.

—Son Guan Yu y Zhang Fei; somos hermanos de juramento.

—¿Son los mismos hombres que se enfrentaron a los Turbantes

amarillos?

—Todos mis éxitos se los debo a ellos—contestó Liu Bei.

—¿Y cuáles son sus cargos oficiales?

—Guan Yu es un arquero montado y Zhang Fei es un arquero de infantería—contestó Liu Bei.

Gongsun Zan suspiró.

—¡Eso es enterrar a dos héroes! Todos los nobles del país avanzan para deponer al rebelde Dong Zhuo. Abandona este puesto de poca estofa y ven conmigo a restaurar la dinastía Han. ¿Qué opinas?

—Me encantaría ir—contestó Liu Bei.

—Si me hubieses dejado matar a ese canalla cuando pude hacerlo, nada de esto habría ocurrido[121]—sentenció Zhang Fei.

—Lo hecho, hecho está, deberíamos prepararnos para partir—dijo Guan Yu.

Así que sin más preámbulos, los tres hermanos se unieron a Gongsun Zan llevando consigo unos pocos jinetes. Cao Cao les dio la bienvenida.

Uno tras otro llegaron los nobles con sus ejércitos. Sus campamentos se extendían por más de doscientos li[122]. Cuando todo estuvo preparado, Cao Cao sacrificó un toro y un caballo y convocó una asamblea para discutir la estrategia a seguir.

Wang Kuang, gobernador de la comandancia de Henei, habló con estas palabras:

—Nuestro sentido de la justicia nos ha unido en esta asamblea. Antes de que nuestros ejércitos avancen deberíamos escoger a un líder para nuestra alianza. Alguien a quien todos obedezcamos sin titubear.

—Desde hace cuatro generaciones—dijo Cao Cao—, los miembros de la familia Yuan han destacado en los altos cargos del gobierno; y sus seguidores y subordinados se encuentran en todas partes. Como descendiente de ancestrales ministros de la dinastía, Yuan Shao debería ser nuestro líder.

Una y otra vez Yuan Shao declinó la oferta, y no aceptó hasta que todos dijeron a la vez:

—¡No puede ser otro que Yuan Shao!

Al día siguiente se erigió una plataforma de tres níveles y se alzaron las banderas de las cinco direcciones en fila a sus lados[123]. Y en la plataforma había una bandera blanca, adornada con la cola de un yak, y un hacha de guerra[124]. Se prepararon emblemas militares y sellos para los generales.

Con todo listo, Yuan Shao fue invitado a ascender al altar. Ataviado con ropas ceremoniales y armado con una espada, subió los peldaños que conducían al altar y, solemnemente, quemó incienso mientras se inclinaba en una reverencia. Y así decía el manifiesto de la alianza:

Aciagos días han caído sobre la dinastía Han, y el mandato imperial se ha perdido. Dong Zhuo, el traidor, ha aprovechado la oportunidad para traer la destrucción al país y el desastre al Emperador, y así desplegar su crueldad sobre el pueblo. Nosotros, Yuan Shao, y sus aliados, temiendo por la seguridad de la nación, hemos unido nuestros ejércitos para rescatar al estado. A esta tarea nos entregaremos hasta el límite de nuestras fuerzas. No debe haber egoísmo ni falta de coordinación en nuestras acciones. Que aquel que falle en su entrega, pierda la vida y abandone este mundo sin descendencia. ¡Que los dioses del Cielo y la Tierra, y los espíritus ancestrales, sean nuestros testigos!

Cuando terminaron de leer el decreto, se untaron los labios con sangre[125]. Con tanta pasión habían sido pronunciadas estas palabras que lloraron incontroladamente. Habiendo acabado, escoltaron a Yuan Shao a su tienda, donde tomaron asiento en dos filas según rango y edad.

El vino fue servido y Cao Cao, tras varios brindis, dijo:

—A nosotros corresponde obedecer al líder de la alianza y apoyar al estado sin importar rivalidades ni posición.

—A pesar de no merecerlo yo lidero esta alianza—respondió Yuan Shao—. Y por tanto he de recompensar los actos meritorios y castigar las ofensas imparcialmente. Debemos respetar tanto la ley del país como la disciplina militar. No se permitirán las infracciones.

—Por nuestras vidas juramos no fallarte—contestaron todos al unísono.

—Yuan Shu, mi hermano—continuó Yuan Shao—, estará al cargo de las provisiones y se encargará de que a nadie en todo el campamento le falten suministros. Pero más importante es que alguien se ocupe de liderar la vanguardia hasta el paso del río Si y provoque una batalla. El resto de vosotros ha de ocupar posiciones estratégicas para apoyarle.

Sun Jian, gobernador de Changsha, se ofreció voluntario.

—Sun Jian, eres fiero y valiente, tuya es la misión—afirmó Yuan Shao.

Sun Jian dirigió la vanguardia hacia el Paso del río Si. Los centinelas allí apostados enviaron un jinete veloz a la capital para comunicarle a Dong Zhuo la urgencia de la situación.

Desde que asumió el poder, Dong Zhuo se había abandonado a la lujuria. Cuando la noticia llegó hasta el consejero Li Ru, éste no dudó en dirigirse a su maestro, quien de inmediato convocó a todos sus generales con gran preocupación.

—No temas, padre—tronó Lu Bu alzándose—. Los nobles más allá del paso son tan insignificantes como semillas de mostaza. ¡Permitidme emplear a nuestro valiente ejército para cortarles a todos las cabezas y colgarlas a las puertas de la capital!

—Con tu ayuda puedo dormir tranquilo—se regocijó Dong Zhuo.

Aún no había terminado de hablar, cuando alguien interrumpió su discurso con estas palabras:

—¿Por qué usar un cuchillo para bueyes para acabar con una gallina? El Marqués de Wen no debería molestarse en ir en persona. ¡Les cortaré las cabezas con la misma facilidad con la que saco cosas del bolsillo!

Dong Zhuo observó al hombre: medía más de 9 chi[126], con un torso de tigre, la cintura de un lobo, la cabeza redonda como una pantera y hombros de gorila. Su nombre era Hua Xiong, proveniente de Guanxi. Tras sus valientes palabras, Dong Zhuo estaba complacido. Lo nombró Coronel de la caballería acorazada, al mando de 50.000 hombres y jinetes. Junto a otros tres generales: Li Su, Hu Zhen y Zhao Cen; se dirigió rápidamente al Paso sobre el río Si.

Entre los nobles a los que se enfrentaba se encontraba Bao Xin, ministro del reino de Jibei, que estaba celoso de Sun Jian por haber tomado a su mando la vanguardia del ejército. Ávido de gloria, envió en secreto a su hermano, Bao Zhong, por un camino secundario con una fuerza de tres mil soldados. En cuanto llegaron al paso, ofrecieron batalla. Rápidamente, Hua Xiong les hizo frente con quinientos caballeros acorazados mientras gritaba:

—¡Rebeldes, deteneos!

Bao Zhong se retiró de inmediato pero Hua Xiong lo alcanzó con el brazo en alto. Un golpe de espada y Bao Zhong cayó muerto del caballo. La mayor parte de su grupo fue hecho prisionero. Tras la victoria, Hua Xiong envió un mensajero al palacio de Dong Zhuo para informar de la misma y entregarle la cabeza de Bao Zhong. Hua Xiong fue ascendido a Comandante provincial.

Pero volvamos con Sun Jian, que con sus cuatro generales se aproximaba al Paso. Eran estos Cheng Pu[127], proveniente de Tuyin, que portaba una lanza serpiente[128] de hierro rizado; Huang Gai[129] de Lingling, ataviado con un látigo de hierro[130]; Han Dang[131] de Lingzhi con un pesado sable; y[132] Zu Mao[133] de Wujun que combatía con dos sables gemelos. Sun Jian llevaba una armadura brillante que resplandecía como la plata, con un turbante púrpura cubriéndole la cabeza y un sable forjado en la famosa Guding[134]; montaba un caballo moteado de melena ondulante.

Sun Jian avanzó al paso y gritó:

—¡Vosotros, que ayudáis a un tirano! ¡Rendíos de una vez!

Hua Xiong ordenó a Hu Zhen que avanzara con cinco mil hombres contra Sun Jian. Alzando su lanza serpiente, Cheng Pu se separó de Sun Jian y se enfrentó a Hu Zhen. Apenas chocaron las armas cuando Cheng Pu atravesó la garganta de su adversario, matándolo a los pies de su caballo. Entonces Sun Jian ordenó avanzar al resto del ejército, pero fue recibido por una tormenta de piedras y flechas que los obligó a retirarse. Sun Jian envió un mensajero a Yuan Shao para informarle de la victoria.

Falto de suministros, envió otro mensajero a Yuan Shu.

Pero alguien habló a Yuan Shu con estas palabras:

—Sun Jian es conocido como el tigre de la orilla oriental del Yangtsé. Si toma la capital y derrota a Dong Zhuo cambiaríamos un lobo por un tigre. No le envíes comida y su ejército se dispersará.

Yuan Shu no envió grano ni forraje. Pronto los hambrientos soldados de Sun Jian se volvieron indisciplinados, y los espías lo comunicaron a los defensores del Paso.

Li Su preparó una estratagema y se la comunicó a Hua Xiong:

—Esta noche tomaré un camino secundario y atacaré el campamento de Sun Jian por la retaguardia. Si lo atacas de frente a la vez, lo capturaremos.

Hua Xiong asintió, se preparó para el ataque y dio orden de comer a sus soldados. Brillaba la luna y soplaba un viento frío. Llegaron frente al campamento de Sun Jian a la medianoche a través de caminos secretos. Inmediatamente sonaron los tambores ordenando el ataque. Sin perder un instante, Sun Jian se puso su armadura y montó a caballo, justo a tiempo para enfrentarse a Hua Xiong. Ambos guerreros se enzarzaron en una dura lucha, pero apenas habían cruzado sus armas cuando Li Su llegó por la retaguardia quemando todo aquello que podía arder.

El ejército de Sun Jian fue presa del pánico y huyó sin orden. Pronto solo Zu Mao se encontraba junto a Sun Jian. Ambos consiguieron romper las líneas enemigas y huir. Pero Hua Xiong los perseguía de cerca. Sun Jian cogió su arco y disparó dos veces a su enemigo, pero Hua Xiong consiguió esquivar ambos disparos. Cuando iba a disparar la tercera flecha, usó tanta fuerza que rompió el decorado arco en dos. Tras arrojarlo al suelo, continuó huyendo al galope.

—Mi señor—dijo Zu Mao—, vuestro turbante púrpura os delata. ¡Dádmelo y yo lo llevaré!

Sun Jian se quitó el turbante y se lo dio. Zu Mao se lo puso en el casco. Entonces ambos tomaron caminos diferentes. Los perseguidores fueron tras el turbante y Sun Jian escapó por un pequeño sendero.

Con Hua Xiong pisándole los talones, Zu Mao se quitó el turbante y lo ató al poste de una casa medio quemada, para después ocultarse en el bosque.

Las tropas de Hua Xiong vieron el turbante y lo rodearon, pero no se atrevieron a avanzar. No fue hasta que lo cubrieron de flechas que descubrieron el truco y avanzaron para capturar el turbante. Éste era el momento que Zu Mao había estado esperando. Sin vacilar, con ambas espadas listas, cargó desde los bosques en busca de Hua Xiong. Pero Hua Xiong era demasiado rápido. Con un feroz grito, Hua Xiong desmontó a Zu Mao cortado en dos.

Hua Xiong y Li Su continuaron la matanza hasta el amanecer y volvieron con sus tropas al paso.

Cheng Pu, Huang Gai y Han Dang encontraron a su líder y, tras reunir a los supervivientes, levantaron un nuevo campamento. Sun Jian lamentaba la muerte de Zu Mao.

Cuando las noticias del desastre llegaron a Yuan Shao, éste, preocupado, convocó a todos los nobles a una asamblea. Gongsun Zan fue el último en llegar.

Yuan Shao les comunicó la situación:

—El hermano del general Bao Xin, desobedeciendo las órdenes, atacó al enemigo. Murió y con él muchos de sus hombres. Ahora Sun Jian ha sido derrotado. Éstas son graves noticias, ¿qué debemos hacer?

No hubo respuesta.

Yuan Shao los miró uno a uno hasta que llegó a Gongsun Zan, y entonces se dio cuenta de los tres hombres que permanecían de pie tras él. Su apariencia no era normal y sonreían cínicamente.

—¿Quiénes son esos hombres tras de ti? —preguntó Yuan Shao.

Gongsun Zan ordenó adelantarse a Liu Bei.

—Éste es Liu Bei, Magistrado de Pingyuan y amigo mío desde la infancia.

—¿Es el mismo Liu Bei que aplastó a los Turbantes Amarillos?

—El mismo—contestó Gongsun Zan y ordenó a Liu Bei presentar sus respetos a la asamblea. Gongsun Zan explicó en detalle sus servicios y ascendencia.

—Siendo de la casa de Han, deberías tener un asiento—dijo Yuan Shao ofreciendo un asiento a Liu Bei.

Liu Bei rechazó el ofrecimiento con humildad.

—No te lo ofrezco por tus honores o tu rango sino por ser miembro de la familia imperial—reiteró su oferta Yuan Shao.

Liu Bei tomó asiento en la última de las posiciones con sus hermanos a los lados.

De repente llegó un explorador. Hua Xiong, al mando de una compañía de caballería acorazada, avanzaba desde el paso. Por bandera enarbolaban el turbante de Sun Jian en un asta de bambú. El enemigo gritaba insultos a aquellos en la fortaleza y los desafiaba a luchar.

—¿Quién se atreve a salir y retarle?—dijo Yuan Shao.

—Yo iré—dijo Yu She, un conocido general de Yuan Shu, dando un paso al frente.

Yu She salió a combatir. Al poco un mensajero informó de que Yu She había caído tras cruzar las armas con su enemigo apenas tres veces.

El miedo se adueñó de la asamblea. Entonces el gobernador Han Fu dijo:

—Hay un poderoso guerrero en mi ejército llamado Pan Feng, él podrá acabar con Hua Xiong.

Pan Feng recibió la orden de enfrentarse al enemigo. Montó en su caballo y salió con su gran hacha de guerra. Pero pronto llegaron terribles noticias: también el general Pan Feng había caído. Los rostros de todos los presentes palidecieron.

—¡Es una pena que mis mejores generales, Yan Liang y Wen Chou, no estén aquí!—se lamentó Yuan Shao—. Con ellos no habría nada que temer.

Aún no había terminado de hablar cuando desde el fondo de la sala se alzó una voz:

—¡Yo iré y separaré la cabeza de Hua Xiong de los hombros! Será mi ofrenda para esta asamblea.

¡Todos se dieron la vuelta para mirarle! Era alto y de larga barba, con ojos que refulgían como el ave fénix y cejas tan gruesas como gusanos de seda. La tez la tenía morena como el jujube y su voz era tan profunda que asemejaba una gran campana.

—¿Quién es él?—preguntó Yuan Shao.

—Éste es Guan Yu, hermano de sangre de Liu Bei—lo presentó Gongsun Zan.

—¿Y qué cargo ocupa?

—Arquero a caballo.

—¡Esto es un insulto!—clamó Yuan Shu—. ¿Acaso no tenemos generales entre nosotros? ¡Cómo osa un arquero a hablar así ante nosotros! ¡Expulsémoslo!

Cao Cao se adelantó con estas palabras:

—¡Cálmate, Yuan Shu! Sin duda este hombre usa grandes palabras, por lo que ha de ser valiente. Dejadle que lo intente, si falla siempre podremos castigarle.

—Hua Xiong se reirá de nosotros si enviamos un simple arquero—dijo Yuan Shao.

—Este hombre no parece una persona normal y corriente, ¿cómo podría Hua Xiong saber que es un arquero?—lo defendió Cao Cao.

—Si fracaso, puedes quedarte con mi cabeza—sentenció Guan Yu.

Cao Cao mandó a calentar vino y le ofreció una copa a Guan Yu.

—Escancia el vino—dijo Guan Yu—. Volveré enseguida.

Guan Yu salió con su arma en la mano y saltó sobre la silla de su caballo. Aquellos en la asamblea oyeron el fiero batir de los tambores y entonces se oyó un poderoso estruendo como si el cielo cayera y la tierra se alzara colapsando montañas. Y temblaron los nobles. Y mientras escuchaban con oídos atentos, pensando si salir a averiguar lo ocurrido, escucharon el sonido de las campanas de un caballo. Era Guan Yu. Arrojó a sus pies la cabeza del rival derrotado, su enemigo, Hua Xiong.

El vino todavía estaba caliente. Generaciones posteriores, escribirían un poema sobre esta hazaña:

A la hora de calmar Cielo y Tierra,
quién podría superar sus méritos.
Redoblan y redoblan los tambores
a las puertas del campamento.
Mas sin haberse hecho un nombre,
Guan Yu no podía probar el vino.
Cae la cabeza de Hua Xiong,
y el vino aún no estaba frío.

Cao Cao estaba entusiasmado.

Detrás de Liu Bei se oyó una voz que gritaba:

—Mi hermano ha acabado con Hua Xiong. ¿A qué estamos esperando? Es nuestra oportunidad para atacar el paso y destrozar a Dong Zhuo.

Una vez más Yuan Shu se mostró furioso.

—¡Con nuestros altos cargos hemos sido muy indulgentes! ¡Cómo osa aconsejarnos un simple soldado de un gobernador de condado! ¡Echádlo de aquí!

—Deberíamos recompensar a aquellos que son capaces de grandes hazañas, ¿qué importa su rango?—dijo Cao Cao.

—Ya que solo os importa un simple gobernador de condado, será mejor que me vaya—respondió airado Yuan Shu.

—¿Tantos problemas por solo una frase?—dijo Cao Cao y ordenó a Gongsun Zan llevar a los tres hermanos de vuelta al campamento.

Esa misma noche Cao Cao envió en secreto presentes de carne y vino para congratular a los tres por sus hazañas.

Pero volvamos con el derrotado ejército de Hua Xiong que, habiendo perdido a su líder, regresó al paso y envió un mensaje a la capital pidiendo refuerzos. Dong Zhuo convocó inmediatamente un consejo.

—Tras perder al general Hua Xiong—expuso Li Ru—, los rebeldes se han vuelto más peligrosos que nunca. Yuan Shao es el líder de la alianza y su tío, Yuan Wei, es el Gran Tutor. Si los disidentes en la capital conspiran con los rebeldes, nuestra situación será desastrosa. Debemos librarnos de ellos. Por ello solicito al Primer Ministro que se ponga al mando del ejército y envíe a sus soldados a capturar a Yuan Wei.

Dong Zhuo estaba de acuerdo y dio orden a sus generales, Li Jue y Guo Si, de rodear la residencia del Gran Tutor con quinientos hombres. Todos fueron ejecutados sin hacer distinciones de edad o sexo. La cabeza de Yuan Wei fue colgada como trofeo para que todos la vieran. Entonces Dong Zhuo se puso al mando de un ejército de doscientos mil hombres y lo dividió en dos grupos: Li Jue y Guo Si tomaron el mando del primero. Tenían que defender el Paso del río Si con cincuenta mil hombres. No debían combatir a menos que fuera necesario. El segundo grupo al mando del mismo Dong Zhuo se dirigió al Paso de la Trampa del Tigre[135]. Este grupo incluía a Li Ru, Lu Bu, Fan Chou y Zhang Ji junto a otros consejeros y comandantes.

El paso se encontraba a 50 li de Luoyang[136]. En cuanto llegaron, Dong Zhuo ordenó a Lu Bu que tomara 30.000 soldados y ocupara la parte exterior del paso. Dong Zhuo levantó campamento en el paso.

Un mensajero informó de estos movimientos a Yuan Shao que convocó una asamblea.

—Dong Zhuo ha acumulado tropas en el paso—dijo Cao Cao—. Está bloqueando el camino de nuestros nobles, debemos tomar la mitad de nuestros hombres y hacerle frente.

Yuan Shao envió a ocho de los grandes señores: Wang Kuang, Qiao Mao, Bao Xin, Yuan Yi, Kong Rong, Zhang Yang, Tao Qian, y Gongsun Zan en dirección al Paso de la Trampa del Tigre. Cao Cao actuaría como reserva.

Wang Kuang, gobernador de Henei, fue el primero en llegar. Rápidamente Lu Bu le salió al encuentro con tres mil jinetes acorazados. Wang Kuang desplegó a su ejército en formación de batalla, plantó su bandera en el suelo y, bajo ella, contempló a su enemigo.

Lu Bu cabalgaba al campo de batalla. Llevaba en la cabeza un adorno de oro con tres plumas de faisán. Iba vestido con ropaje de seda púrpura de Xichuan[137] con bordados de flores, sobre el cual llevaba una armadura de cota de placas unida por anillos y con la representación de la cabeza de una bestia sobre el torso. Un exquisito cinturón, con adornos de leones y reyes bárbaros, completaba la armadura. Portaba consigo a los hombros arco y flechas, sin olvidar su larga y pesada alabarda. En verdad, Lu Bu no tenía igual entre los hombres, como Liebre Roja no tenía igual entre los caballos.

Wang Kuang miró tras de sí.

—¿Quién se atreve a desafiarlo?

Uno de sus generales galopó al frente con la espada lista para la batalla. Wang Kuang vio que se trataba de Fang Yue, famoso en Henei por su valentía. Lu Bu y Fang Yue comenzaron a luchar. Apenas habían cruzado sus armas cinco veces, cuando Fang Yue fue atravesado por la alabarda de Lu Bu. Alzando su arma, Lu Bu cargó directamente contra el enemigo. El ejército de Wang Kuang fue completamente derrotado. Lu Bu mataba a todo aquel que se le cruzaba como si ni siquiera estuvieran allí. Era imparable.

Por suerte, los ejércitos de Qiao Mao y Yuan Yi llegaron a tiempo para rescatar a Wang Kuang. Fue solo entonces que Lu Bu se retiró. Tras perder tantas tropas, los tres ejércitos retrocedieron 30 li[138] y levantaron campamento. Cuando llegaron los cinco ejércitos restantes, se reunieron en una asamblea. Todos estaban de acuerdo en que nadie podía hacer frente a Lu Bu.

Y mientras discutían el asunto llegó un mensajero para informar de que Lu Bu había vuelto para desafiarlos. Al unísono, los ocho nobles montaron en sus caballos y se pusieron a la cabeza de sus respectivos ejércitos. Lu Bu los observaba desde lo alto de una colina.

Con las bordadas banderas ondeando al viento, Lu Bu cargó con un grupo de caballería. Mu Shun, general a las órdenes de Zhang Yang, gobernador de Shangdang, se lanzó a su encuentro lanza en mano pero cayó al primer golpe de alabarda de Lu Bu. Todos estaban estupefactos. Entonces avanzó al galope Wu Anguo, general al servicio de Kong Rong. Wu Anguo alzó su maza de hierro lista para golpear a su rival. Lu Bu azuzó a su caballo y le salió al encuentro. Tras una larga lucha la alabarda de Lu Bu cortó la muñeca de Wu Anguo. Soltó su maza y huyó. Los ocho ejércitos avanzaron en su apoyo y Lu Bu se retiró.

Una nueva asamblea fue convocada tras el final de la lucha.

—Nadie puede hacer frente al poderoso Lu Bu—dijo Cao Cao—. Necesitamos a los dieciocho nobles para preparar una buena estratagema. Al fin y al cabo si logramos capturar a Lu Bu, acabaremos fácilmente con Dong Zhuo.

Mientras discutían qué hacer, Lu Bu vino de nuevo a desafiarlos y una vez más los ocho nobles salieron para hacer frente al desafío. Gongsun Zan se enfrentó en persona a Lu Bu con su lanza. Tras apenas cruzar sus armas Gongsun Zan huyó derrotado. Lu Bu lo persiguió montado en Liebre Roja. Liebre Roja era un caballo rápido como el viento, capaz de recorrer mil li en un solo día. Lu Bu alzó su alabarda con la espalda de Gongsun Zan como objetivo. Justo en ese momento llegó un tercer jinete con grandes ojos redondos y un poderoso bigote, armado con su Lanza Serpiente.

—¡No huyas, bastardo de tres padres[139]! —gritaba mientras cabalgaba al galope— ¡Zhang Fei de Yan está aquí!

Al ver a su oponente, Lu Bu dejó de perseguir a Gongsun Zan y se enfrentó a Zhang Fei. Zhang Fei estaba eufórico y combatió con todas sus fuerzas. Intercambiaron medio centenar de golpes y no había un claro ganador. Guan Yu vio el combate y se unió con su pesado Sable del Dragón Verde. Las tres monturas formaban una "T" y sus jinetes chocaron las armas otras treinta veces. Ni siquiera entre los dos podían derrotar a Lu Bu.

Liu Bei con ambas espadas listas para la batalla, acudió en su auxilio.

Como la linterna de papel que envuelve la llama, así los tres hermanos rodearon a Lu Bu. Los ocho ejércitos contemplaban la lucha asombrados. Pero ni siquiera Lu Bu podía enfrentarse a ellos indefinidamente. Atacó con ferocidad a Liu Bei que inmediatamente se retiró, pero no era más que una finta. Lu Bu aprovechó el ángulo abierto por Liu Bei y huyó al galope mientras bajaba su alabarda.

Pero los tres hermanos no iban a permitirle escapar. Espolearon a sus caballos y lo persiguieron. Con un poderoso rugido, los ocho ejércitos los siguieron. El ejército de Lu Bu huyó hasta el paso con Guan Yu, Zhang Fei y Liu Bei como los primeros entre sus perseguidores.

Cerca estaba el aciago día. Cuando Huan y Ling ocupaban el trono, ya el ocaso de los Han era inminente. Con su gloria en declive, Dong Zhuo, infame ministro, arrebataría el puesto al joven Bian. Y Xian era

LUO GUANZHONG

demasiado joven y asustadizo para cumplir sus sueños de grandeza.

Tuvo que ser Cao Cao quien hiciese la llamada a las armas con sus falsos decretos, y los grandes señores acudieron llenos de ira. Así en concilio hicieron a Yuan Shao su líder y juraron traer paz y estabilidad a la casa de Han.

Pero había un hombre, guerrero sin igual: Lu Bu de nombre, Marqués de Wen, cuya fama era conocida en todos los rincones del imperio. Ataviaba su cuerpo con una armadura plateada cual escamas de dragón, con un casco adornado con plumas de faisán. Su cinturón tenía un broche que representaba la cabeza de dos bestias de poderosas mandíbulas. Flotaba a su alrededor su ropaje bordado mientras cabalgaba por la llanura sobre un veloz corcel y la terrible alabarda brillaba a la luz del sol como si de un tranquilo lago se tratara.

¿Quién se atrevía a combatirlo? Frente a él los nobles señores temblaban de miedo. Entonces Zhang Fei, el valiente guerrero del Norte, con la lanza serpiente en su poderosa mano, aceptó el desafío. Y temblaban sus bigotes con furia, tiesos como alambre de oro mientras sus ojos brillaban con el fulgor del rayo. Ambos guerreros lucharon con denuedo pero la lucha seguía sin que hubiera un vencedor.

Al ver el combate Guan Yu fue dominado por la ira. El sable Dragón verde brillaba como la escarcha al amanecer. Avanzó con la armadura flotando como alas de mariposa, los cascos del caballo tronaban con tal estruendo que parecía que cabalgaba sobre demonios y espíritus. La ira ardía en sus ojos con un fuego que solo podía ser apagado con sangre.

Liu Bei, el héroe, se unió a la batalla con sus espadas gemelas. El mismo Cielo tembló ante la majestad de su ira. Juntos, los tres acosaron a Lu Bu en una interminable batalla.

La tierra se hizo eco de los gritos de guerra y estos llegaron hasta el cielo y las estrellas.

128

Agotado, Lu Bu decidió huir. Vio su campamento en las colinas a lo lejos y entonces, bajando su alabarda, huyó de la batalla. Abandonaba su ejército banderas y armas sin número; pero agitando las riendas de plata él escapó en Liebre Roja, huyendo hasta el Paso de la Trampa del Tigre.

Los tres hermanos continuaban persiguiendo a Lu Bu, cuando de pronto vieron en lo alto del paso un parasol de seda azul oscuro. Ondeaba con el viento del oeste.

—Ése debe ser Dong Zhuo—gritó Zhang Fei—. ¿Para qué perseguir a Lu Bu? ¡Mejor acabemos con el jefe de los rebeldes y cortemos el problema de raíz!

Y espoleó su caballo en dirección al paso. Se trataba de:

Para someter una rebelión hay que derrotar al líder,
Para conseguir grandes hazañas, hace falta un hombre extraordinario.

El resultado de la batalla lo descubriremos en el próximo capítulo.

Capítulo 6

Al quemar la capital, Dong Zhuo provoca una matanza
Cuando esconde el sello de jade, Sun Jian rompe su juramento.

Zhang Fei se lanzó al paso al galope, pero tuvo que retroceder ante una lluvia de flechas y rocas. Los ocho nobles felicitaron a los tres hermanos por sus victorias con un banquete. También enviaron un mensajero al campamento de Yuan Shao con noticias de la victoria. Yuan Shao ordenó a Sun Jian avanzar inmediatamente.

Sun Jian fue a ver a Yuan Shu a su campamento acompañado de dos de sus mejores generales, Cheng Pu y Huang Gai.

Mientras trazaba figuras en el suelo con un cayado, Sun Jian dijo:

—Nunca ha habido enemistad entre Dong Zhuo y yo. Y aun así he luchado sin preocuparme de las consecuencias, exponiendo mi cuerpo a rocas y flechas en batallas a muerte. ¿Y para qué? Para librar a la nación de un tirano y un rebelde, y como favor a tu familia. A pesar de todo esto, tú preferiste escuchar rumores sobre mí y no me enviaste los suministros necesarios. Y por eso mi ejército resultó derrotado. ¿Cómo pudiste?

Yuan Shu estaba demasiado asustado para responder. Ordenó ejecutar al calumniador para apaciguar a Sun Jian. De pronto, alguien le dijo a Sun Jian:

—Un general enemigo ha cabalgado hasta tu campamento y desea verte.

Sun Jian volvió a su campamento, donde encontró a Li Jue, uno de los comandantes de mayor confianza de Dong Zhuo.

—¿Por qué estás aquí? —preguntó.

—Eres el único de los generales enemigos por los que mi maestro muestra admiración, por eso desea forjar una alianza entre las dos familias. El Primer Ministro tiene una hija y desea casarla con vuestro hijo.

—¡Dong Zhuo ha traicionado el mandato del cielo al someter a la familia real!—respondió Sun Jian cargado de ira—. Quisiera acabar con él y toda su estirpe, descendientes y ancestros por igual. ¡Por qué querría tener una alianza con él! ¡No te mataré pero vete de aquí y hazlo rápido! Rendid el paso y respetaré vuestras vidas. Si no haré picadillo con vuestros cuerpos.

Li Jue huyó e informó a su señor del comportamiento descortés de Sun Jian. Dong Zhuo se puso furioso y preguntó a Li Ru qué acción tomar.

—La reciente derrota de Lu Bu ha desmoralizado a nuestras tropas. Será mejor que nos retiremos a la capital y traslademos al Emperador a Changan, tal y como reza la canción infantil[140]:

Un Han en el Oeste, un Han en el Este,

Para evitar el peligro, el venado[141] debe moverse a Changan.

—La primera línea nos cuenta la historia de la dinastía. Liu Bang, el Supremo Ancestro, llegó al poder en la ciudad de Changan, capital durante el mandato de doce emperadores de ahí las palabras: "un Han en el Oeste". "Un Han en el Este" hace referencia a los doce emperadores que permanecieron en Luoyang, la capital del Este, comenzando por Liu Xiu. El círculo se cierra aquí mismo. Su excelencia debería mover la capital a Changan para evitar el peligro.

—De no ser por tus palabras, jamás lo habría comprendido—dijo Dong Zhuo complacido.

Cabalgando día y noche, Dong Zhuo y Lu Bu regresaron a Luoyang. Una vez allí convocó a la corte a una gran asamblea y les habló con estas palabras:

—Tras doscientos años siendo la capital, Luoyang ha perdido la energía que la hacía vibrar. Percibo que el aura que necesita la casa de Han ha vuelto a Changan. Es por esto que deseo trasladar la corte al Oeste. Será mejor que os preparéis para el viaje.

—Os ruego que lo consideréis una vez más—protestó Yang Biao, ministro del interior—, la tierra entre los pasos está en plena decadencia. Si abandonamos las tumbas imperiales y los templos de los ancestros, el pueblo se asustará y es mucho más fácil asustar al pueblo que calmarlo.

—¿Te opones a los planes del estado? —contestó Dong Zhuo con enfado.

—Las palabras de Yang son correctas—dijo Huang Wang, Gran comandante—. En el pasado, cuando Wang Mang trató de hacerse con el imperio, Fan Chong junto a los Cejas Rojas arrasaron Changan hasta los cimientos[142]. Hubo pocos supervivientes. No hay ninguna ganancia en abandonar estos palacios por un erial.

—El Este del paso está lleno de rebeldes y todo el imperio se encuentra en el caos. Changan está protegida por por las montañas Yaohan y el paso Hangu. No solo eso, está cerca del área al oeste del monte Longshan, donde hay madera, piedra, ladrillos y baldosas en abundancia. En apenas un mes tendremos nuevos palacios. ¡Así que basta con vuestra palabrería!

Y aun así Xun Shuang, ministro de trabajo, protestó una vez más en nombre del pueblo, pero sus palabras no fueron escuchadas.

—¡Mis planes afectan a toda la nación! ¿Cómo puedo detenerme por unos pocos?

Aquel día Yang Biao, Huang Wan y Xun Shuang perdieron sus cargos.

Dong Zhuo salió a montar en su carro, allí se encontró a otros dos oficiales que lo saludaron. Eran estos Zhou Bi, encargado de la administración civil, y el Capitán de las puertas de la ciudad, Wu Qiong. Dong Zhuo se detuvo y les preguntó por sus intenciones.

—Queremos convencerte de que no traslades la capital.

—Vosotros me convencisteis para dar un cargo a Yuan Shao—contestó

Dong Zhuo—. Y ahora es un rebelde. ¡Seguro que estáis en el mismo bando!

Ordenó a sus soldados que los sacaran de la ciudad y los decapitaran. Entonces dio la orden de traslado de la capital con efecto inmediato.

—No tenemos suficiente comida ni dinero—explicó Li Ru—, y hay muchas familias adineradas en Luoyang. Podríamos confiscarles sus pertenencias. Aunque solo acabemos con aquellos relacionados con Yuan Shao, conseguiremos un gran botín.

Dong Zhuo envió a cinco mil soldados a por las familias adineradas. Capturaron miles de personas, y pusieron banderas sobre sus cabezas con las palabras: "Traidores y rebeldes". Los sacaron de la ciudad y allí los ejecutaron. Todas sus propiedades fueron confiscadas.

Li Jue y Guo Si obligaron a la población de Luoyang a salir de la ciudad y dirigirse a Changan. Apostaron soldados para que los espolearan en su viaje. Muchos de ellos murieron en el camino y cayeron a los lados de la carretera. El ejército tenía permiso para deshonrar a mujeres e hijas y adueñarse de las posesiones de los fugitivos. El sonido de los lamentos llegaba hasta el mismo cielo.

La última orden de Dong Zhuo antes de abandonar la capital fue quemar la ciudad: casas, palacios y templos ancestrales fueron incendiados. Un río de llamas se extendía desde el palacio del norte al palacio del sur. Luoyang fue reducida a cenizas.

Lu Bu se encargó de profanar los mausoleos de emperadores y emperatrices para reunir cuantas joyas y tesoros pudiera encontrar. Y los soldados aprovecharon para hacer lo mismo en las tumbas de antiguos miembros del gobierno. El botín reunido en plata, perlas, sedas y joyas, era más que suficiente para llenar miles de carros. Con estas riquezas y la familia imperial, Dong Zhuo partió a Changan.

Cuando supo que Luoyang había sido abandonada, Zhao Cen, general de Dong Zhuo en el paso del río Si, abandonó la posición. Sun Jian la ocupó inmediatamente, mientras Liu Bei y sus hermanos se adueñaban del Paso de la trampa del Tigre. El resto de los nobles también avanzaron.

Así que volvamos con Sun Jian que se apresuraba a la capital. Desde la distancia se podían ver las llamas que ascendían al cielo y un denso humo negro que cubría el suelo por cientos de li. No había signos de vida, ni un pollo, ni un perro, ni un solo ser humano. Ordenó a sus hombres que apagaran los fuegos y preparó lugares para que acamparan los nobles en aquella tierra desolada.

Cao Cao fue a ver a Yuan Shao.

—Dong Zhuo ha huido al Oeste. Deberíamos seguirlo y atacarlo por la retaguardia sin pérdida de tiempo. ¿Por qué has detenido a tus tropas?

—Nuestras tropas están exhaustas—argumentó Yuan Shao—. Me temo que no ganaríamos nada con un ataque.

—El traidor ha reducido a cenizas el palacio imperial y secuestrado al Hijo del Cielo. Todo el país ha sido arrojado al caos, y nadie sabe a quién seguir. En estos momentos de divina desesperación, una sola batalla puede pacificar el país. ¿Por qué dudáis?

 Pero todos los nobles eran de la misma opinión.

—¡No se puede discutir de estrategia con estúpidos críos! —gritó Cao Cao furioso.

Con estas palabras se fue en persecución de Dong Zhuo. Junto con él llevaba a sus seis generales: Xiahou Dun, Xiahou Yuan, Cao Ren, Cao Hong, Li Dian, y Yue Jing; más diez mil soldados.

El camino a la capital atravesaba Xingyang[143]. Cuando Dong Zhuo llegó, el gobernador de la comandancia, Xu Rong, salió a recibir a la comitiva.

—Ya que existe el peligro de que nos persigan—aconsejó Li Ru—, sería una buena idea ordenar a Xu Rong que prepare una emboscada a las afueras de la ciudad. Puede ocultar sus tropas a este lado del paso entre las montañas y dejar pasar al enemigo, para atacarles cuando no se lo esperen. Así sabrán de lo que somos capaces.

Dong Zhuo ordenó a Lu Bu que se hiciese cargo de la retaguardia.

Al poco tiempo llegó el ejército de Cao Cao.

—De no ser por las habilidades de Li Ru, éste habría sido nuestro fin—dijo Lu Bu riendo. Tras esto, desplegó a sus tropas en formación de batalla.

Cao Cao cargó al galope mientras gritaba:

—¡Traidores! ¡Secuestradores! ¡Habéis expulsado al pueblo de sus casas! ¿A dónde vais ahora?

—¡No eres más que un rebelede que ha dado la espalda a su señor! —respondió Lu Bu—¿A quién crees que engañas con esas palabras?

Xiahou Dun alzó su lanza y cargó directamente contra Lu Bu. Apenas se había iniciado el combate, cuando Li Jue aprovechó la oportunidad y atacó por el flanco izquierdo. Cao Cao envió a Xiahou Yuan a hacerle frente. Entonces llegaron más gritos provenientes del flanco derecho. Eran Guo Si y sus hombres. Cao Cao envió a Cao Ren contra Guo Si. Los ejércitos embestían desde tres direcciones distintas y era imposible resistir. Xiahou Dun no era rival para Lu Bu, por lo que tuvo que huir de vuelta a sus líneas. En ese momento Lu Bu cargó con su caballería pesada y dio el golpe de gracia. Derrotado, el ejército de Cao Cao se retiró a Xingyang.

No fue hasta la medianoche, cuando la luna brillaba como si fuera el mediodía, que consiguieron reagruparse. Y estaban cavando agujeros para preparer la cena[144], cuando se oyeron gritos que provenían de todas partes. Era el ejército de Xu Rong que salía de sus escondrijos. Cao Cao espoleó a su caballo a toda velocidad. Buscaba con desesperación una vía de escape pero llegó hasta la posición de Xu Rong. Y éste, mientras Cao Cao se daba la vuelta, cogió una de sus flechas y le disparó en el hombro. Con la flecha clavada, Cao Cao huyó para salvar la vida a la falda de la colina. Allí le esperaban dos hombres tras un arbusto. Cuando vieron el caballo de Cao Cao, se abalanzaron sobre él con sus lanzas. El caballo cayó y Cao Cao con él.

Estaba a punto de ser capturado cuando de repente llegó otro jinete al galope. Mató a los soldados con su espada y rescató a Cao Cao. Se trataba de Cao Hong.

—¡Éste es mi fin! —dijo Cao Cao—. ¡Sálvate tú!

—¡Rápido, monta en mi caballo! —lo apremió Cao Hong—. ¡Yo iré a pie!

—¿Qué harás si vienen esos bandidos?

—¡El mundo puede vivir sin Cao Hong, pero no sin ti!

—Si sobrevivo, te deberé la vida—dijo finalmente Cao Cao.

Cao Hong se quitó la armadura y caminó junto al caballo espada en mano. Así continuaron hasta el cuarto toque[145] cuando vieron un amplio río frente a ellos que les bloqueaba el paso. Detrás podían oír a sus perseguidores que cada vez estaban más cerca.

—Ésto es el fin—dijo Cao Cao—. ¡No creo que pueda conseguirlo!

Cao Hong ayudó a Cao Cao a desmontar y quitarse la armadura y el casco. Tomó a Cao Cao a su espalda y juntos cruzaron el río. Apenas habían alcanzado la otra orilla, cuando el enemigo llegó hasta el río y comenzó a dispararles flechas.

Al amanecer ya habían huido otros 30 li y se sentaron a descansar junto a un precipicio. De pronto, se oyeron gritos según se aproximaba un contingente de hombres y caballos. Era el gobernador Xu Rong que había vadeado el río.

A Cao Cao le entró el pánico pero Xiahou Dun y Xiaohou Yuan llegaron al rescate con una docena de jinetes.

—Xu Rong, ¡no toques a mi señor! —gritó Xiahou Dun.

Xu Rong cargó contra él. Xiahou Dun alzó su lanza y se enfrentó al enemigo. El combate fue corto. Xu Rong cayó ante la lanza de Xiahou

Dun y sus tropas huyeron. Poco después llegaron Cao Ren, Li Dian y Yue Jin con lo que quedaba de sus tropas. La tristeza y la alegría se mezclaban en su reencuentro. Reunieron los pocos cientos de soldados supervivientes y volvieron a Luoyang.

Pero volvamos con los nobles, que estaban acampando en Luoyang. Sun Jian había ordenado a sus hombres apagar lo que quedaba del fuego, tras lo cual acampó dentro de los muros de la ciudad. Su tienda personal se encontraba en los cimientos de uno de los palacios imperiales. Barrieron las baldosas en lo que quedaba del palacio y sellaron las tumbas imperiales que Dong Zhuo había saqueado. Aprovechando los cimientos del palacio construyó tres edificios e invitó a los nobles a depositar en ellos las tablas de los ancestros imperiales[146] y hacer una ofrenda consistente en vacas, ovejas y cerdos.

Cuando terminó la ceremonia, Sun Jian volvió a su campamento. Aquella noche las estrellas y la luna brillaban intensamente. Sun Jian cogió su espada y se sentó fuera bajo las estrellas. Mientras las contemplaba, se dio cuenta de que una neblina blanca[147] se extendía por las estrellas que componían el Recinto Púrpura Prohibido[148].

—La estrella del Emperador[149] es muy débil—se lamentó Sun Jian—. ¡No es de extrañar que un ministro rebelde se haya apoderado del estado, el pueblo se siente sobre cenizas y polvo y no quede nada de la capital!

No pudo contener las lágrimas.

Entonces apareció un soldado tras él y señalando hacia el Sur, dijo:

—¡Hay un haz de luz multicolor que procede de un pozo al sur del palacio!

Sun Jian ordenó encender antorchas y explorar el pozo. Allí encontraron el cadáver de una mujer. Aunque debía llevar días en el pozo su cuerpo no se había descompuesto. Vestía como una cortesana de palacio y en el cuello tenía una bolsa de seda. Cuando abrieron la bolsa, encontraron una pequeña caja roja, el color imperial. Tenía un cerrojo dorado. En la caja encontraron un sello de jade. Era cuadrado, con lados de medio palmo.

En él habían grabado cinco dragones entrelazados. Una de sus esquinas se había roto y estaba reparada con oro. El sello tenía ocho caracteres que leían:

Habiendo recibido el mandato del Cielo, que la vida del Emperador sea larga y próspera.

Sun Jian tomó el sello y se lo mostró a Cheng Pu.

—Éste es el Sello Imperial[150]—explicó Cheng Pu—. Hace mucho tiempo Bian He[151] vio un fénix sentado sobre una piedra al pie de las montañas Jing. Ofreció la piedra al rey de Chu que encontró en ella una pieza de jade. En el año 26 de la dinastía Qin[152], un escultor de jade hizo de ella un sello, y Li Si, el Primer Ministro del Primer Emperador ordenó que se le inscribieran estos caracteres. Dos años más tarde el Primer Emperador viajó al lago Dongting[153] y se encontró con una terrible tormenta. Su barco estaba a punto de hundirse, así que el Emperador ofreció el sello al lago como ofrenda, y la tormenta cesó de inmediato. Ocho años más tarde, cuando el Primer Emperador viajó a Huayin a inspeccionar sus dominios, apareció un anciano y bloqueó su camino. En la mano llevaba el sello de jade. Se lo entregó a uno de los asistentes con estas palabras: "Por favor, entrega esto al Dragón Fundador". Entonces, desapareció.

Así fue como el sello fue devuelto a los Qin. Al año siguiente el Primer Emperador murió. Más tarde, Zi Ying, el último emperador de los Qin y nieto del Primer Emperador, entregó este sello a Liu Bang, fundador de la dinastía Han. Doscientos años más tarde, durante la rebelión de Wang Mang, la madre del emperador, la emperatriz viuda Yuan; atacó a dos de los rebeldes con el sello. Se llamaban Wang Xun y Su Xian. Una esquina del sello se rompió y la repararon con oro. Liu Xiu, el segundo fundador de la dinastía Han, tomó posesión del sello en Yiyang y se ha transmitido desde entonces con regularidad de un emperador a otro.

Dicen que se perdió cuando los diez eunucos secuestraron al Emperador[154].

Si ha caído en las manos de su excelencia, significa que está destinado a ser el próximo emperador. No deberíamos permanecer aquí mucho tiempo. Regresemos a Changsha, al sur del Gran Río, para así preparar grandes planes.

—Eso es exactamente lo que estaba pensando—respondió Sun Jian—. Mañana fingiré estar enfermo y así regresaremos.

Se dio orden a los soldados de mantener todo en secreto.

Quién se habría imaginado que uno de los soldados allí presentes nació en la misma ciudad que Yuan Shao. Con la esperanza de ser recompensado, abandonó el campamento en la oscuridad de la noche y contó el secreto a Yuan Shao. Éste lo acogió entre sus hombres y lo recompensó.

Al día siguiente Sun Jian fue a despedirse.

—Me encuentro enfermo y me gustaría volver a Changsha. He venido a despedirme.

—Sabemos cuál es tu enfermedad—rió Yuan Shao—. ¡Se llama el Sello Imperial!

—¿De dónde provienen estos rumores? —preguntó Sun Jian pálido.

—Hemos organizado nuestro ejército para acabar con los males de la nación. El sello es propiedad del estado, y dado que lo has encontrado, deberías entregármelo como líder de la alianza. Cuando matemos a Dong Zhuo, se lo devolveremos a la corte. ¿Qué es lo que pretendes al irte así con él?

—Cómo podría haber llegado hasta mis manos—dijo Sun Jian.

—¿Qué ha sido de lo que encontraste en el pozo junto al Palacio Imperial?

—¿A qué viene este acoso? Ya te he dicho que no lo tengo—respondió Sun Jian.

—Será mejor para ti que nos lo entregues cuanto antes.

Sun Jian alzó la manos al cielo y juró:

—¡Si tengo este Tesoro conmigo y lo oculto, que tenga un final infeliz y una muerte violenta!

—Con semejante juramento—dijeron el resto de los nobles—. No debe tenerlo.

Entonces Yuan Shao llamó a su informador.

—¿Estaba presente este hombre cuando sacaron esa cosa del pozo?

Furioso, Sun Jian desenvainó con la intención de matar a aquel hombre.

—Si tocas a ese hombre, lo consideraré un insulto a mi persona—dijo Yuan Shao desenvainando a su vez.

Yan Liang y Wen Chou, que se encontraban tras Yuan Shao, también desenvainaron.

Detrás de Sun Jian los generales Cheng Pu, Huang Gai, y Han Dang dieron un paso al frente con las espadas en la mano.

El resto de los nobles trató de calmar los ánimos. Entonces Sun Jian montó en su caballo y abandonó la asamblea. Pronto levantó campamento y se dirigió al Sur.

Yuan Shao no estaba satisfecho y envió un mensaje secreto a Liu Biao, gobernador de la provincia de Jingzhou, para que capturara a Sun Jian por el camino.

Al día siguiente se supo de los avatares de Cao Cao. Yuan Shao ordenó a sus hombres dar la bienvenida al ejército derrotado y escoltarlo al campamento. También preparó una fiesta para consolarlo.

—Al principio estaba inspirado por la nobleza de nuestra causa. Y todos vosotros vinisteis en mi apoyo—se lamentó Cao Cao durante la fiesta—. Mi plan era que Yuan Shao se aproximara a Mengjin y Suanzao con su ejército de Henei, mientras el resto ocupaba los pasos estratégicos de Huanyuan y Daigu, y tomaba posesión de los graneros. Yuan Shu con las tropas de Nanyang se encargaría de los condados de Danshi y Xilin, y podría ocupar el Paso de Wu para apoyar al resto. Todos podrían fortificar sus posiciones sin combatir. Nuestra ventaja era mostrar a la nación que nuestra alianza tenía la posibilidad de acabar con los rebeldes. Así podríamos haber convencido al pueblo de que nos diese su apoyo contra Dong Zhuo y la victoria habría sido nuestra. Por desgracia, hubo dudas y retrasos y la nación ha sido defraudada. ¡Me siento avergonzado!

Los nobles no tenían palabras con las que consolarlo.

Cao Cao vio que Yuan Shao y los demás no confiaban en él y supo que la alianza nunca vencería. Así que se retiró con su ejército a Yanzhou.

—Yuan Shao es un inútil y pronto todos se volverán contra él—dijo Gongsun Zan a Liu Bei—. Será mejor que nos vayamos.

Así que levantaron campamento y se fueron al Norte. Liu Bei se quedó al cargo de Pingyuan con órdenes de crear un ejército y defender el área.

Mientras tanto Liu Dai, gobernador de Yanzhou, pidió prestado algo de grano a Qiao Mao, gobernador de la comandancia de Dong. Qiao Mao se negó, por lo que Liu Dai atacó su campamento, mató a Qiao Mao y se adueñó de su ejército. Yuan Shao se dio cuenta de que la alianza estaba rota así que se dirigió al Este con su ejército.

Pero hablemos de Liu Biao[155], gobernador de Jingzhou. Liu Biao era miembro de la familia imperial y originario de Shanyang. De joven se hizo amigo de muchos hombres de talento y él y sus compañeros eran llamados los Ocho sabios. Los otros siete eran:

1. Chen Xiang de Runan
2. Fan Pang de Runan
3. Kong Yu de Luting
4. Fan Kang de Bohai
5. Tan Fu de Shanyang
6. Zhang Jian de Shanyang
7. Cen Zhi de Nanyang

Los siete eran amigos de Liu Biao. También tenía varios consejeros: Kuai Liang y Kuai Yue de Yangping, y Cai Mao de Xiangyang. Tras leer la carta de Yuan Shao, Liu Biao ordenó a Kuai Yue y Cai Mao que avanzaran con diez mil hombres para interceptar a Sun Jian.

Apenas llegó el ejército de Sun Jian, Kuai Yue avanzó con su caballo.

—¿Por qué vienes con un ejército a bloquearme el camino? —preguntó Sun Jian.

—Siendo un servidor de los Han, ¿cómo pudiste robar el sello del Emperador? ¡Entrégamelo ahora mismo y te dejaré marchar! —respondió Kuai Yue.

Furioso, Sun Jian ordenó a Huang Gai ofrecer batalla. Cai Mao avanzó listo a aceptar el desafío. Tras cruzar sus armas varias veces, Huang Gai acertó con su látigo de hierro a Cai Mao en el peto de la armadura. Cai Mao dio la vuelta a su caballo y huyó. Sun Jian trató de aprovechar la oportunidad de romper sus líneas.

Pero justo en ese momento se oyeron gongs y tambores de guerra tras la montaña. Era Liu Biao en persona con su ejército. Inmediatamente saludó a Sun Jian.

—¿Por qué crees las mentiras de Yuan Shao y atacas a tu vecino? —dijo Sun Jian.

—Ahora que te has hecho con el Sello Imperial—respondió Liu Biao—. ¿Planeas rebelarte?

—Si lo tengo conmigo—juró Sun Jian—, ¡que muera bajo una tormenta de flechas y espadas!

—Si quieres que te crea, permíteme revisar tu bagaje.

—¿Qué clase de poder posees para pensar que puedes tratarme así?

Ambos bandos iban a cruzar las armas cuando Liu Biao se retiró. Sun Jian trató de alcanzarlo. Pero detrás de la siguiente montaña había soldados ocultos que salieron al unísono. Cai Mao y Kuai Yue iban detrás de ellos. Sun Jian estaba atrapado en el medio. Era un caso de:

Precisamente porque el sello de jade no tiene ningún valor práctico,
Ambos iban a cruzar sus espadas.

Cómo consiguió Sun Jian librarse de estas dificultades, será contado en el próximo capítulo.

Capítulo 7

**Yuan Shao se enfrenta a Gongsun Zan en el río Pan;
Cruzando otro río, Sun Jian ataca a Liu Biao.**

En el último capítulo Sun Jian estaba rodeado. Por suerte para él, Cheng Pu, Huang Gai y Hang Dang, lucharon con uñas y dientes para rescatarlo. Perdieron más de la mitad del ejército pero consiguieron escapar por una ruta alternativa y volver a la orilla este del Yangtsé. Desde entonces, Sun Jian y Liu Biao fueron enemigos declarados.

Pero volvamos con Yuan Shao. Se encontraba en Henei con su ejército pero no tenía suministros suficientes, por lo que pidió ayuda a Han Fu, gobernador de Jizhou. Éste accedió a enviarle los suministros.

Pero Peng Ji, uno de los consejeros de Yuan Shao, le habló con estas palabras:

—Eres el más poderoso. ¿Por qué depender de nadie? En Jizhou abundan la comida y las riquezas, ¿por qué no te adueñas de ellas?

—No tengo un plan—respondió Yuan Shao.

—Envía en secreto un mensaje a Gongsun Zan y pídele que ataque Jizhou con tu ayuda. Han Fu no tendrá más remedio que pedirte que te hagas cargo de la defensa de la provincia, y así la conseguirás sin haber movido un dedo.

El mensaje fue enviado. Cuando Gongsun Zan vio que que Yuan Shao quería dividir el territorio con él, aceptó complacido y preparó un ejército ese mismo día. Mientras tanto Yuan Shao envió otra carta a Han Fu para avisarle de la amenaza de Gongsun Zan. Han Fu pidió ayuda a sus consejeros Xun Chang y Xin Ping.

—Gongsun Zan dispone de un amplio y poderoso ejército—razonó Xun Chang—, y con la ayuda de Liu Bei y sus hermanos es aún más temible.

Si nos ataca, no podremos hacerle frente. Ahora mismo, Yuan Shao es más astuto y valiente que el resto de los hombres y tiene muchos generales de prestigio a sus órdenes. Lo mejor que puedes hacer es invitar a Yuan Shao a gobernar el territorio contigo. Así no tendrás que preocuparte de Gongsun Zan.

Han Fu aceptó el consejo y envió una carta a Guan Chun[156] con un mensaje para Yuan Shao.

Pero Geng Wu, su secretario, amonestó a su señor con estas palabras:

—Yuan Shao está solo con un ejército aislado. Depende de nosotros como un bebé en los brazos de su madre. Deja de darle leche y el bebé morirá. ¿Por qué compartir la provincia con él? Sería como permitirle a un tigre entrar en el redil.

—Yo soy uno de los clientes de la familia Yuan, y sé que mis habilidades no son comparables a las de Yuan Shao. Los antiguos buscaban hombres de talento a los que servir. ¿Por qué tenerle tanta envidia? —contestó Han Fu.

—¡Jizhou está perdida! —dijo Geng Wu.

Tras esta discusión más de treinta oficiales abandonaron sus cargos y la ciudad; solo Geng Wu y Guan Chun permanecieron en los muros, esperando ocultos la llegada de Yuan Shao.

Unos pocos días después, Yuan Shao llegó con su ejército. Geng Wu y Guan Chun trataron de asesinarlo con sus espadas. Pero Yang Liang y Wen Chou reaccionaron a tiempo, cortando sus cabezas en un momento. Así murieron ambos, y el objeto de su odio entró en la ciudad de Jizhou.

El primer acto de Yuan Shao fue entregar a Han Fu el título de General de incomparable poder y valor, pero la administración quedó al cargo de sus hombres: Tian Feng, Ju Shou, Xu You, y Peng Ji. Han Fu quedó completamente desprovisto de su poder. Dominado por el desasosiego, abandonó mujer e hijos y huyó con Zhang Miao, gobernador de la comandancia de Chenliu.

Pero volvamos con Gongsun Zan que, sabiendo que Yuan Shao había ocupado Jizhou, envió a su hermano Gongsun Yue a verlo. Quería que el territorio se dividiera entre ambos.

—Quisiera ver a tu hermano en persona. Él y yo tenemos cosas de las que hablar—fue la respuesta de Yuan Shao.

Así que Gongsun Yue regresó. Pero no había ni viajado 50 li,[157] cuando apareció un grupo de soldados.

—¡Somos la guardia personal de Dong Zhuo! —gritaron.

En un instante Gongsun Yue cayó muerto bajo una lluvia de flechas. Los supervivientes de entre los seguidores de Gongsun Yue llevaron la noticia a su hermano.

—Yuan Shao me convenció para que atacara y se adueña de la provincia—dijo Gongsun Zan furioso—. Y no contento con eso, finge no ser el asesino de mi hermano. ¡Cómo no pedir justicia!

Gongsun Zan reunió a la totalidad de su ejército e invadió Jizhou.

Yuan Shao se enteró de este movimiento así que partió con sus tropas. Ambos se encontraron a orillas opuestas del río Pan. Sobre el río había un puente.

Gongsun Zan avanzó hasta él.

—¡Vendido! ¡Cómo osas traicionarme! —gritó.

Yuan Shao cabalgó hasta el otro lado del puente, apuntó a Gongsun Zan y dijo:

—Han Fu me entregó la provincia porque sus habilidades no eran suficientes, ¿por qué es asunto tuyo?

—Te tomaba por alguien leal, por eso te voté como líder de la alianza.

¡Pero tus actos demuestran que no eres más que un traidor! ¿Cómo puedes mostrarte ante el mundo? —respondió Gongsun Zan.

—¿Quién puede capturarlo? —gritó Yuan Shao enfurecido.

No había terminado de hablar y Wen Chou avanzaba con la lanza dispuesta. Gongsun Zan se enfrentó a él. Cruzaron sus armas diez veces, y Gongsun Zan comprobó el temible poder de Wen Chou. Huyó, aunque el enemigo lo seguía. Gongsun Zan trató de refugiarse en su formación de batalla, pero Wen Chou le cortó el camino. Cuatro de los generales más feroces de Gongsun Zan ofrecieron batalla; uno fue ensartado por la lanza de Wen Chou y cayó del caballo. Los otros tres huyeron. Wen Chou continuó combatiendo hasta que expulsó a Gongsun Zan de su propia formación de batalla. Gongsun Zan huyó a las montañas.

Wen Chou cabalgó a toda velocidad mientras gritaba:

—¡Desmonta y ríndete de inmediato!

Gongsun Zan huyó para salvar la vida. Se le cayeron arco, flechas y yelmo; tenía el pelo suelto mientras cabalgaba hacia las colinas. Entonces su caballo tropezó y cayó al suelo. Wen Chou estaba muy cerca y cargó a toda velocidad con la lanza en alto. De pronto apareció un general por el lado izquierdo, donde había una colina llena de hierba. Avanzó directamente hacia Wen Chou con la lanza preparada por encima de la cabeza. Gongsun Zan subió por la colina para verlo mejor.

El joven guerrero era de estatura media con cejas pobladas y grandes ojos, de amplia cara y mandíbula prominente. Cruzó sus armas con Wen Chou cincuenta o sesenta veces y ninguno de los dos consiguió la ventaja. Entonces llegaron los hombres de Gongsun Zan y Wen Chou tuvo que huir. El joven no lo persiguió.

Gongsun Zan bajó corriendo de la colina y le preguntó su nombre. Éste se inclinó y dijo:

—Mi nombre es Zhao Yun[158], de Changshan. Estaba a las órdenes de Yuan Shao, pero cuando vi que era desleal a su señor y que no le importaba el bienestar del pueblo, lo abandoné. Iba de camino a ofreceros mis servicios y no esperaba encontraros aquí.

Gongsun Zan estaba encantado y los dos regresaron juntos al campamento, donde prepararon a las tropas para la batalla.

Al día siguiente Gongsun Zan se preparó para la lucha, dividiendo su ejército en dos grupos, el izquierdo y el derecho, de tal forma en que parecían las alas de un pájaro. Dispuso cinco mil jinetes en el centro, todos ellos montados en caballos blancos. Gongsun Zan había combatido contra las tribus Qiang en la frontera norte, donde siempre ponía sus caballos blancos en la vanguardia del ejército. Por eso lo llamaban General de los caballos blancos. Los Qiang huían en cuanto veían estos caballos.

Yuan Shao ordenó a Yan Liang y Wen Chou que se pusiesen al frente con un millar de arqueros y ballesteros cada uno. Cada grupo fue desplegado en un lado, los del lado izquierdo tenían que disparar al flanco derecho de Gongsun Zan, y aquellos en la izquierda al flanco izquierdo. En el centro se encontraba Qu Yi con ochocientos arqueros más y diez mil hombres y caballos. Yuan Shao se hizo cargo de la reserva en la retaguardia.

Gongsun Zan no estaba seguro de las intenciones de Zhao Yun, así que lo puso al mando de la retaguardia. Yan Gang estaba a cargo de la vanguardia y Gongsun Zan en persona dirigía el ejército del centro. Inmediatamente montó en su caballo y tomó posición en el puente bajo un enorme estandarte rojo con la palabra "General" grabada en letras de oro.

Los tambores de Guerra resonaron toda la mañana, pero el ejército de Yuan Shao no avanzó. Qu Yi hizo que sus arqueros se parapetaran bajo sus escudos. El ejército de Yan Gang se dirigió directamente al de Qu Yi. Podían oír los gritos y los tambores de guerra pero no se movieron. Esperaron hasta que Yan Gang estuvo muy cerca y entonces, cuando se oyó el sonido de una bomba, los ochocientos hombres dispararon al unísono. Yan Gang tuvo que retirarse, pero Qu Yi se abalanzó furiosamente sobre él mientras agitaba su espada y lo descabalgó de un tajo. El ejército de Gongsun Zan sufrió un terrible revés. Sus alas derecha e izquierda lanzaron una misión de rescate, pero les detuvo una lluvia de flechas. Eran los arqueros de Yan Liang y Wen Chou. El ejército de Yuan Shao avanzó a sangre y fuego hasta el puente. Entonces Qu Yi mató al portaestandarte enemigo y destrozó su bandera.

Al ver esto, Gongsun Yan huyó. Qu Yi lideró a sus hombres en un asalto directo en la retaguardia de Gongsun Zan, avanzando directamente contra Zhao Yun. Éste alzó su lanza y cargó a todo galope. Qu Yi cayó de su caballo con un solo golpe de la lanza de Zhao Yun. Entonces Zhao Yun se lanzó sobre las fuerzas de Yuan Shao. Mataba a todo aquel que se encontraba como si no tuviera enemigos. Gongsun Zan dio la vuelta con su ejército y organizó un nuevo ataque. Las fuerzas de Yuan Shao fueron totalmente derrotadas.

Pero volvamos con Yuan Shao que había enviado exploradores para saber cómo se desarrollaba la batalla. El explorador informó de que Qu Yi había conseguido una victoria fácil y se encontraba persiguiendo al enemigo. Así que Yuan Shao no tomó mayores preparativos, sino que avanzó con Tian Feng y unos pocos guardias para observar la batalla. Cuando llegaron, ambos rieron.

—¡Gongsun Zan es un inútil! —rieron.

Pero mientras hablaban, vieron de pronto a Zhao Yun cargando contra ellos. Su guardia preparó los arcos pero antes de que pudieran disparar, Zhao Yun estaba entre ellos y los hombres caían allá donde fuese. El resto de los guardias huyeron. El ejército de Gongsun Zan llegó y comenzó a acorralarlos.

—¡Mi señor, ocultaos en este edificio vacío! —dijo Tian Feng.

Yuan Shao tiró el casco al suelo y gritó:

—¡Los valientes prefieren afrontar la muerte que buscar la seguridad tras un muro!

Ante estas palabras sus hombres decidieron luchar hasta la muerte y Zhao

Yun fue incapaz de penetrar sus defensas. Pronto llegaron refuerzos y Yan Liang atacó desde otra dirección. Zhao Yun solo pudo ir a proteger a Gongsun Zan y ambos lucharon para regresar al puente. Innumerables hombres encontraron la muerte cuando cayeron al agua.

Yuan Shao dirigió en persona el contraataque. Pero apenas había avanzado cinco li[159] cuando se oyó un tremendo clamor desde detrás de unas colinas. Un grupo de hombres apareció de la nada. Tres generales iban al frente, se trataba de Liu Bei, Guan Yu y Zhang Fei.

Se habían enterado de la lucha mientras estaban en Pingyuan y acudían a ofrecer su ayuda a Gongsun Zan. Los tres jinetes, cada uno con su arma, volaban directamente contra Yuan Shao. Yuan Shao estaba tan impresionado que arrojó su arma y huyó para salvar la vida. Sus hombres lucharon con uñas y dientes para cruzar el puente y rescatarlo. Gongsun Zan reunió a su ejército y volvieron al campamento.

Después de que Gongsun Zan intercambiara alabanzas con los tres hermanos, Gongsun Zan le dijo a Liu Bei:

—De no ser por vuestra ayuda, éste habría sido mi final.

Liu Bei y Zhao Yun fueron presentados y pronto desarrollaron un fuerte afecto el uno por el otro.

Yuan Shao había perdido la batalla y Gongsun Zan no se atrevía a presentar otra. Ambos se prepararon para la defensa y los ejércitos permanecieron inactivos por un mes. Mientras tanto llegaron las nuevas de la batalla a Dong Zhuo en Changan.

—Yuan Shao y Gongsun Zan han demostrado ser hombres de gran habilidad—dijo Li Ru—, y ambos están combatiendo en torno al río Pan. Deberíamos enviar un falso decreto imperial con la orden de que hagan las paces. Así te ganarás su gratitud por tu intervención.

Dong Zhuo estaba complacido. Al día siguiente envió al Gran Tutor Ma Midi y al Gran cochero[160] Zhao Qi. Cuando llegaron al norte del Río Amarillo, Yuan Shao viajó más de cien li para presentar sus respetos[161].

Entonces ambos oficiales fueron a ver a Gongsun Zan. Éste envió una carta a su adversario con una proposición de paz. Ambos emisarios volvieron para informar del éxito de su misión. Gongsun Zan retiró su ejército y envió un memorial a la corte elogiando a Liu Bei, que fue promocionado a gobernador de Pingyuan.

La despedida entre Liu Bei y Zhao Yun fue amarga. Ambos se agarraron de las manos y lloraron, pues no querían separarse el uno del otro.

—Pensaba que Gongsun Zan era un auténtico héroe—dijo Zhao Yun con tristeza—, pero no es mejor que Yuan Shao y el resto.

—Aún así tienes que obedecerle. Un día volveremos a encontrarnos—respondió Liu Bei.

Con lágrimas en los ojos, ambos hombres se dijeron adiós.

Pero volvamos con Yuan Shu que estaba en Nanyang. Tras oír que su hermano había ocupado Jizhou envió un emisario para pedir un millar de caballos. Yuan Shao se negó y el rencor creció entre ambos hermanos. Yuan Shu también había enviado un mensajero a Jingzhou para pedir prestado grano, pero el gobernador Liu Biao también se negó. Cargado de resentimiento, Yuan Shu escribió una carta a Sun Jian invitándolo a atacar a Liu Biao. Decía así:

Cuando Liu Biao bloqueó tu camino, lo hizo instigado por mi hermano. Ahora han planeado adueñarse de tus territorios al sureste del Yangtsé, por lo que deberías librarte de Liu Biao. Yo capturaré por ti a mi hermano y así ambos tendremos nuestra venganza. Tú obtendrás Jingzhou, y yo tendré Jizhou.

—No puedo tolerar la existencia de Liu Biao—dijo Sun Jian después de leer la carta—. Se interpuso en mi camino de regreso a mi tierra, si no aprovecho esta oportunidad para vengarme, puede que tenga que esperar años antes de poder hacer nada.

Convocó una asamblea.

—Yuan Shu siempre ha sido traicionero, no puedes confiar en él—dijo Cheng Pu.

—Es mi venganza lo que busco, ¿por qué habría de buscar la ayuda de Yuan Shu?—respondió Sun Jian.

Envió a Huang Gai a preparar una flota en el río. Cargaron los barcos con provisiones y armas. Los caballos irían en los barcos más grandes.

Cuando Liu Biao supo de esos preparativos, llamó a sus consejeros y generales.

—No hay de qué preocuparse—dijo Kuai Liang—, pon a la cabeza del ejército de Jiangxia a Huang Zu para que forme la vanguardia. Mientras, lidera las fuerzas de Jingzhou y Xiang como apoyo. Deja que Sun Jian cruce ríos y lagos para llegar hasta aquí, ¿cuántas fuerzas le quedarán entonces?

Liu Biao estaba de acuerdo y organizó un gran ejército.

Pero volvamos con Sun Jian y sus hijos, que los tuvo a todos con su esposa de la familia Wu. Sun Ce era el mayor, y lo seguían Sun Quan, Sun Yi y Sun Kuang. Sun Jian tuvo una segunda esposa que era hermana de la primera. Y la segunda esposa le dio un hijo y una hija, a los que llamaron Sun Lang y Sun Ren respectivamente. Sun Jian también adoptó un hijo de la familia Yu al que llamó Sun Hu. Y tenía un hermano menor de nombre Sun Jing.

Justo antes de partir, Sun Jing trajo ante Sun Jian a todos sus hijos y los hizo arrodillarse ante el caballo de su padre.

—Dong Zhuo controla el estado y el Emperador es cobarde y débil. La nación está sumida en el caos y cada uno solo busca su beneficio. La orilla este del Yangtzé apenas ha sido pacificada. Organizar un ejército tan poderoso por un pequeño incidente no sería prudente. Por favor, hermano, recapacita.

—Mi joven hermano, no digas más. Deseo que mi poder se extienda por todo el imperio, así que cómo voy a permitir esta ofensa—contestó Sun

Jian.

—Si es así, padre, permite al menos que te acompañe—dijo Sun Ce—. Al fin y al cabo soy tu hijo.

Sun Jian accedió y juntos embarcaron en el junco de guerra con la intención de atacar Fancheng.

Ahora bien, Huang Zu había ocultado a sus arqueros en la orilla del río. Cuando vieron aproximarse a los barcos, los recibieron con una lluvia de flechas. Sun Jian ordenó a sus hombres mantenerse a cubierto en los botes que avanzaban y se retiraban para engañar al enemigo. Cada vez que trataban de desembarcar el ejército de Huang Zu arrojaba sus flechas. Así lo hicieron durante tres días. Finalmente, el ejército de Huang Zu se quedó sin flechas y Sun Jian, que había estado recogiendo las que lanzaba el enemigo, se encontró con que tenía miles. Entonces, cuando el viento le resultó favorable, Sun Jian ordenó a sus tropas disparar al unísono. Aquellos que se encontraban en la orilla no tuvieron más remedio que huir desordenadamente.

Entonces desembarcaron. Dos grupos bajo el mando de Cheng Pu y Huang Gai asaltaron el campamento de Huang Zhu. Tras ellos marchaba Han Dang con las tropas de retaguardia. Entre los tres organizaron un ataque desde tres lados diferentes y Huang Zu fue completamente derrotado. Abandonó Fankou y se retiró a Dencheng.

Sun Jian dejó a Huang Gai al mando de la flota y tomó el mando de las fuerzas atacantes. Huang Zu salió de la ciudad y se preparó para la batalla. Cuando Sun Jian terminó de desplegar el ejército, cabalgó hasta su estandarte. Sun Ce, ataviado con armadura y lanza en mano, se situó tras él.

Huang Zu avanzó con dos de sus generales; uno se llamaba Zhang Hui y provenía de Jiangxia y el otro era Chen Sheng, proveniente de Xiangyang. Huang Zu alzó su fusta y maldijo a su enemigo.

—¡Gusanos rebeldes, como osáis invadir las tierras de un miembro de la casa imperial!

Entonces Zhang Hui lanzó un desafío y Han Dang avanzó para enfrentarse a él. Sus caballos se enfrentaron y los dos generales intercambiaron más de treinta golpes. Chen Sheng, al ver que su general estaba exhausto, avanzó en su ayuda. Sun Ce vio a lo lejos lo que pasaba, apartó su lanza y buscó su arco. La flecha alcanzó a Chen Sheng en la cara. Éste cayó del caballo y el pánico se apoderó de Zhang Hui que por un instante no supo qué hacer. Entonces su cráneo acabó partido en dos por la espada de Han Dang.

Cheng Pu espoleó a su caballo y cargó directamente contra Huang Zu. Huang Zu arrojó su yelmo y abandonó su montura para buscar la salvación entre su infantería. Sun Jian mataba a todo lo que se interponía en su camino, y rechazó al enemigo hasta el río Han. Entonces ordenó a Huang Gai que trasladase los barcos al río Han.

Huang Zu regresó con su ejército derrotado y fue a ver a Liu Biao, al que le explicó en detalle por qué Sun Jian era imparable.

Liu Biao llamó a Kuai Liang para discutir el asunto.

—Nuestros soldados acaban de ser derrotados y han perdido la voluntad de luchar. Nuestra única salida es fortificar nuestra posición y pedir ayuda a Yuan Shao. Solo así podremos salvarnos.

—¡Un movimiento estúpido!—dijo Cai Mao—. El enemigo está a las puertas de la ciudad; ¿debemos cruzarnos de brazos y esperar nuestra muerte? Dame un ejército y estoy dispuesto a salir de la ciudad y combatir hasta el final.

Así que Cai Mao salió de la ciudad de Xiangyang con más de diez mil hombres y desplegó a sus hombres en el monte Xian[162]. Sun Jian le salió al encuentro con su victorioso ejército.

Cuando Cai Mao apareció en el campo de batalla montado a caballo, Sun Jian dijo:

—Este hombre es el hermano mayor de la concubina de Liu Biao, ¿quién se atreve a capturarlo?

Cheng Pu alzó su lanza y avanzó con su caballo. Apenas había empezado el combate cuando Cai Mao se dio la vuelta y huyó. Sun Jian arengó a su ejército y éste avanzó destruyéndolo todo a su paso hasta que el campo se cubrió completamente de cadáveres. Cai Mao huyó a Xiangyang.

—Cai Mao ha de ser ejecutado de acuerdo con la ley militar—dijo Kuai Liang—. Esta derrota se debe a su obstinación.

Pero Liu Biao no ejecutó la sentencia, ya que acababa de casarse con su hermana.

Pero volvamos con Sun Jian, que había rodeado Xiangyang con su ejército. Un día se levantó una tempestad de tal fuerza que partió en dos el asta de la bandera del ejército del centro. En la bandera podía leerse "General".

—Éste no es un buen augurio—dijo Han Dang—. Será mejor que regresemos por un tiempo.

—He vencido batalla tras batalla y la ciudad está a punto de caer, ¿debería volver solo porque el viento ha roto una bandera?—respondió Sun Jian.

Kuai Liang le dijo a Liu Biao:

—La pasada noche vi como una gran estrella caía del cielo. Dividiendo el cielo en regiones, he podido comprobar que esa estrella corresponde a Sun Jian. Deberías pedir ayuda a Yuan Shao.

Así que Liu Biao escribió una carta y pidió voluntarios para romper el sitio y entregar la carta. Lu Gong, uno de sus generales más fuertes, se ofreció voluntario.

—Si vas a realizar esta misión será mejor que escuches mi plan—dijo Kuai Liang—. Te daré quinientos hombres a caballo. Escoge a los mejores arqueros y atraviesa sus líneas en dirección al monte Xian. Te perseguirán y cuando esto ocurra que un centenar de tus hombres suba al monte y haga buen acopio de rocas y piedras. Otros cien se ocultarán en el bosque con arcos y ballestas. El resto de tus hombres no debe partir en línea recta, sino subir por el monte en dirección al lugar de la emboscada. Entonces encárgate del enemigo con las flechas y piedras. Si tienes éxito, haz señales y saldremos de la ciudad para ayudarte. Si el enemigo no te persigue, huye sin avisar. Esta noche apenas hay luna, puedes dejar la ciudad al anochecer.

Después de recibir estas instrucciones, Lu Gong preparó a sus hombres. Con el crepúsculo abrió con sigilo la puerta oriental y salió de la ciudad con el ejército.

Sun Jian se encontraba en su tienda cuando oyó los gritos. Montó en su caballo de inmediato y con treinta jinetes fue a ver qué ocurría. Un soldado vino a informarle:

—Un grupo de soldados y caballos han salido de la ciudad y se dirigen al monte Xian.

Sun Jian no convocó a sus generales, sino que salió en busca de los fugitivos con sus treinta hombres. Las tropas de Lu Gong ya estaban ocultas en el bosque. El caballo de Sun Jian era el más rápido y pronto se encontró solo y cerca del enemigo.

—¡Alto!—gritó Sun Jian.

Lu Gong se dio la vuelta como si fuese a combatir, pero apenas se encontraron huyó por un camino de montaña. Sun Jian lo siguió de cerca pero no veía a Lu Gong.

Sun Jian llegó a la cresta del monte. Entonces hubo un estruendo de gongs y llovieron sobre él flechas y piedras. Golpeado por las piedras y las flechas, el fluido de su cerebro se desparramó. Hombre y caballo murieron. Sun Jian tan solo tenía 37 años[163].

Lu Gong mató a todos los hombres de su escolta, entonces encendió una serie de bengalas. Huang Zu, Kuai Yue y Cai Mao salieron de la ciudad y se lanzaron al ataque causando confusión entre el ejército de Changsha.

Cuando Huang Gai escuchó el sonido de la batalla, se puso al frente de los soldados en los barcos y se lanzó al ataque. Se encontró con Huang

Zu y lo capturó tras un breve combate.

Cheng Pu protegía a Sun Ce tratando de encontrar una vía de escape. En la huida se topó con Lu Gong. Cheng Pu cargó de frente con su caballo y en apenas dos golpes, Lu Gong caía del caballo atravesado por su lanza. La batalla se generalizó y continuó hasta el amanecer. El ejército de Liu Biao se retiró a la ciudad.

No fue hasta que Sun Ce volvió al río Han, que supo que su padre estaba muerto y que el ejército de Liu Biao se había adueñado del cadáver. Comenzó a llorar y todo el ejército compartió sus lágrimas.

—¿Cómo puedo volver a casa sin el cuerpo de mi padre?—se lamentó Sun Ce.

—Tenemos a Huang Zu prisionero—dijo Huang Gai—. Envía a alguien a la ciudad para llegar a un acuerdo. Podemos intercambiar a Huang Zu por el cuerpo de nuestro señor.

No había terminado de hablar cuando Huan Jie, un oficial del ejército, se ofreció como mensajero.

—Soy un viejo amigo de Liu Biao. Yo entraré en la ciudad como enviado.

Sun Ce estuvo de acuerdo. Así que Huan Jie fue a negociar la paz con Liu Biao.

—El cuerpo ya está en un féretro y está listo para ser entregado en cuanto Huang Zu vuelva con nosotros—dijo Liu Biao—. Dejemos de luchar entre nosotros y no volvamos a invadir nunca nuestros respectivos territorios.

Huan Jie le dio las gracias y estaba a punto de irse cuando Kuai Liang apareció de repente de detrás de los escalones.

—¡No! ¡Eso es inaceptable! Dejáme hablar y te mostraré cómo no dejar ni un solo enemigo vivo. Solicito que Huan Jie sea decapitado y después podemos preparar una estrategia.

Persiguiendo a su enemigo, Sun Jian perdió su vida tan rápido como Huan Jie persiguiendo la paz.

El destino del embajador, se descubrirá en el próximo capítulo.

LUO GUANZHONG

Capítulo 8

Wang Yun prepara las estratagemas encadenadas
Dong Zhuo se enfurece en el Pabellón del Fénix

Éstas fueron las palabras de Kuai Liang:

—Sun Jian está muerto y sus hijos aún son jóvenes. Aprovecha que ahora son débiles y Changsha será tuyo con un batir de tambores. Si devuelves el cuerpo y acuerdas la paz, tendrán tiempo de recuperar su fuerza, lo que sería un desastre para Jingzhou.

—¿Cómo podría abandonar a Huang Zu?—respondió Liu Biao.

—¿Por qué no sacrificar a un guerrero despistado a cambio de una región?

—Porque él es mi amigo y sería inmoral abandonarlo.

Con estas palabras, Liu Biao permitió a Huan Jie regresar a su campamento con el acuerdo de intercambiar el cuerpo de Sun Jian por Huang Zu.

Tras entregar a Huang Zu y tomar posesión del féretro de su padre, Sun Ce cesó las hostilidades y regresó a la orilla oriental del Yangtzé. Enterró a su padre en la llanura de Que. Cuando terminó la ceremonia, dirigió su ejército a Jiangdu. Allí, invitó a hombres de sabiduría y valor a su lado, y se dedicó con humildad al servicio de los demás. Poco a poco se le unieron los mejores hombres de toda la zona. Y esto es más que suficiente por ahora.

Así que volvamos con Dong Zhuo que se encontraba en Changan. Al enterarse de la muerte de Sun Jian dijo:

—¡Me he librado de una espina en el corazón!

Entonces preguntó qué edad tenía su hijo, y cuando alguien le contestó que 17, dejó de considerarlo una amenaza.

Desde entonces se volvió aún más arrogante. Se confirió el título de "Rector Imperial", y su comportamiento imitaba al del Hijo del Cielo. Nombró a Dong Min, su hermano menor, Comandante del ejército del flanco izquierdo y Marqués del condado de Hu. Puso a Dong Huang al mando de la Guardia de Palacio, y todos los miembros de su clan, grandes o pequeños, recibieron el título de marqués. A 250 li[164] de la capital ordenó la construcción de Meiwo y empleó para ello a 250.000 trabajadores. Sus muros rivalizaban con los de Changan y dentro de los mismos se erigieron palacios y almacenes con grano acumulado para veinte años. Escogió 800 jóvenes de ambos sexos para que vivieran allí. Los tesoros acumulados eran incontables. Allí residía toda su familia.

Una o dos veces al mes Dong Zhuo visitaba su ciudad y todos los ministros lo despedían desde la puerta noroeste.

A menudo Dong Zhuo levantaba una tienda junto al camino e invitaba a los ministros. Un día, Dong Zhuo organizó un banquete junto a la puerta noroeste. Mientras festejaban llegaron cientos de soldados con la intención de rendirse. Dong Zhuo ordenó que los trajesen ante él. A algunos les cortaron manos y pies, otros perdieron los ojos o la lengua. Los menos afortunados fueron sumergidos en grandes calderos de agua hirviendo. Los gemidos y los gritos de agonía sacudieron el mismo cielo y todos los miembros de la corte temblaron de puro miedo. Pero Dong Zhuo continuó bebiendo, comiendo y charlando como si nada ocurriera.

No mucho después Dong Zhuo se reunió con todos los oficiales de la capital. Éstos estaban sentados en dos filas según su rango. Después de varios brindis, Lu Bu entró a zancadas y susurró unas palabras al oído de su señor.

—Así que así están las cosas—dijo Dong Zhuo sonriendo.

Entonces ordenó a Lu Bu que se llevara al ministro Zhang Wen. Todos los oficiales estaban pálidos. Al poco tiempo entró un sirviente con la cabeza del ministro en un plato rojo. Los oficiales estaban tan asustados que por poco saltan fuera de su piel. Dong Zhuo continuaba sonriendo.

—No temáis. Zhang Wen conspiraba con Yuan Shu. Yuan Shu le había enviado una carta pero cayó por error en las manos de mi hijo, Lu Bu. Vosotros sois inocentes así que no tenéis nada que temer.

Los oficiales se retiraron. Uno de ellos, el Ministro del Interior Wang Yun, volvió a su palacio pensativo. Cuando recordaba lo que había pasado en la corte aquel día, le dominaban los nervios y no podía permanecer de pie. En mitad de la noche, a la luz de la luna, cogió su bastón y se dirigió a su jardín. Allí, junto al enrejado de frambuesas, miró al cielo y las lágrimas inundaron sus ojos. De pronto escuchó un murmullo de suspiros y lamentos en el jardín de las peonías. Wang Yun se dirigió hacia allí sigilosamente y vio que era una de sus danzarinas, de nombre Diao Chan. Ella había entrado a su servicio cuando era una niña y había aprendido las artes del canto y la danza. Tenía 28 años y era atractiva y llena de gracia. Wang Yun la trataba como a su propia hija. Después de escucharla por un tiempo, Wang Yun la llamó enfurecido:

—¡Estás teniendo relaciones ilícitas con un hombre, maldita pécora!

—¿Cómo podría tener una aventura?—se defendió ella cayendo sobre sus rodillas.

—Si no es así, ¿por qué te lamentas en la oscuridad?

—Permítame hablar con el corazón.

—Cuéntamelo todo sin omitir ni una palabra—respondió Wang Yun.

—No soy digna de estar a vuestro servicio—comenzó Diao Chan—. De no ser por su patronazgo, no sabría cantar ni bailar, y he sido tratada tan bien que incluso si tuviese que ser cortada en un millar de piezas no podría pagar ni la milésima parte de lo que os debo. Cuando veo vuestra fatiga, me doy cuenta de que algo terrible le ocurre al estado, pero no me atrevo a preguntar. Y esta noche, estabais tan agitado que no sabíais si sentaros o permanecer de pie. Es por eso que me lamento. Pero no era mi intención que me vieseis así. Si hay algo en lo que pueda ser útil, no dudaría aunque significase tener que morir diez mil veces.

Wang Yun golpeó el suelo con su bastón.

—¿Quién iba a decir que el destino de la dinastía estaría en tus manos? ¡Sígueme!

Diao Chan la siguió al interior de la casa. Entonces Wang Yun despidió a todas las sirvientas. Hizo que Diao Chan se sentara en una silla y se arrodilló ante ella. Asustada, Diao Chan se arrojó al suelo.

—Mi señor, ¿qué significa todo esto?

—¡Te has apiadado de nuestra gran nación Han!—respondió Wang Yun con lágrimas en los ojos.

—Mi señor, como ya he dicho de una orden y la seguiré aunque me cueste diez mil muertes.

Wang Yun se arrodilló de nuevo.

—El pueblo está a punto de ser destruido, el emperador y sus ministros están en peligro. Su destino está completamente en tus manos. Dong Zhuo el rastrero quiere apoderarse del trono y ni los oficiales militares ni los civiles pueden detenerle. Pero él tiene un hijo adoptivo de nombre Lu Bu. Es un hombre de increíble coraje, pero al igual que su padre tiene una debilidad por la belleza femenina. Me gustaría emplear el concepto de las estratagemas encadenadas[165]. Primero has de ofrecerte a Lu Bu, tras lo cual te presentaré a Dong Zhuo y te ofrecerás a él. Aprovecharás cualquier oportunidad para enfrentar al padre y al hijo, hasta que Lu Bu acabe matando a Dong Zhuo y elimine así a ese gran mal. Así restaurarás el altar de los sacrificios imperiales y salvarás a la nación. Todo depende de ti, ¿estás dispuesto a hacerlo?

—Ya he dicho que cumpliré tus órdenes cueste lo que cueste. Me ofrezco voluntaria. En mi cabeza ya he formado un plan—contestó Diao Chan.

—¡Si esto se llega a descubrir será mi fin y el de toda mi familia!

—No se preocupe, mi señor—lo tranquilizó Diao Chan—. Si no soy capaz de conseguir justicia, prefiero morir a manos de diez mil espadas.

Wang Yun expresó su agradecimiento. Al día siguiente ordenó a un artesano que preparara un tocado de oro con perlas del tesoro familiar y se lo envió en secreto a Lu Bu. Éste estaba encantado y fue personalmente a la residencia de Wang Yun a expresar su agradecimiento. Wang Yun ya había preparado un exquisito banquete y fue a recibirlo en persona, entonces lo llevó a la zona privada y le ofreció sentarse en el sitio de honor.

—No soy más que un general en el palacio del Primer Ministro, mientras que tú eres Ministro del Interior, un poderoso miembro de la corte, ¿a qué se debe tanto honor?—preguntó Lu Bu.

—Porque no hay héroe que se te pueda comparar en toda la nación. Si no puedo inclinarme ante el rango de un general, sí me inclino ante su talento…

Lu Bu estaba encantado. Wang Yun lo invitó a vino y exhaltó sus virtudes y las de Dong Zhuo. Lu Bu reía y bebía con abandono. Wang Yun ordenó a todos los sirvientes que se retiraran salvo a unas pocas que continuaban sirviendo vino. Cuando ambos estaban bebidos, Wang Yun dijo:

—¡Que venga mi hija!

Al poco, dos sirvientes ayudaron a Diao Chan a ponerse el maquillaje. Lu Bu estaba anonadado y preguntó quién era.

—Ésta es mi hija, Diao Chan—contestó Wang Yun—. Has sido tan amigable que he hecho que se nos una para que te conozca.

Entonces Wang Yun ordenó a Diao Chan que sirviese vino a Lu Bu. Así lo hizo Diao Chan y sus ojos se encontraron con los del guerrero. Wang Yun fingió estar borracho y dijo:

—Mi hija te pide que bebas y seas feliz. Toda mi familia depende de tus buenas maneras.

Lu Bu invitó a Diao Chan a sentarse y ella fingió no estar interesada. Pero Wang Yun hizo que se sentara junto a él. Lu Bu no podía apartar los ojos de ella.

Tras unas cuantas copas de vino más, Wang Yun señaló a Diao Chan y le preguntó a Lu Bu:

—Si te la ofrezco como concubina, ¿la aceptarías?

Lu Bu se levantó.

—Si es así, haré todo lo que esté en mi poder para demostrar mi gratitud.

—Escogeremos un día propicio y te la enviaré.

Lu Bu era increíblemente feliz. No podía apartar la vista de Diao Chan. Ésta le devolvía la mirada amorosamente. Tras cierto tiempo, se levantaron de sus asientos.

—Te pediría que te quedases a dormir, pero el Primer Ministro podría sospechar algo—dijo Wang Yun.

Lu Bu le dio las gracias de nuevo y se fue.

Unos días más tarde, cuando Lu Bu no estaba presente en la corte, Wang Yun se arrodilló ante Dong Zhuo.

—Primer Ministro, desearía invitaros a cenar a mi humilde morada. ¿Estaríais de acuerdo?

—Si es el Ministro del Interior quién me invita, ¿cómo podría no ir?

Wang Yun se lo agradeció y volvió a casa. Allí preparó un banquete con todo tipo de delicias del mar y la tierra. Situó sillas en el centro de la sala, y cubrió el suelo con bordados de seda. Elegantes cortinas y paneles fueron dispuestas dentro y fuera. Al día siguiente al mediodía recibió a Dong Zhuo personalmente.

Dong Zhuo bajó del carro y un centenar de guardias equipados con alabardas y armadura abarrotaron el salón. Wang Yun volvió a inclinarse ante su invitado en la entrada y Dong Zhuo dio orden de que se levantara y se sentase a su lado.

—Puedo decir, Primer Ministro, que sois una torre de virtud y que ni siquiera Yi Yin[166] o el Duque de Zhou[167], los grandes hombres de antaño, son tus iguales.

Dong Zhuo sonrió complacido. Bebieron y comieron mientras sonaba la música. Wang Yun colmó a su invitado con halagos y estudiada deferencia.

Según corría el vino y pasaban las horas, Dong Zhuo comenzó a estar borracho. Entonces Wang Yun lo invitó a la cámara interior.

Dong Zhuo se libró de la guardia y fue. Wang Yun alzó su copa y dijo:

—La astronomía es una de mis aficiones desde joven y he estudiado los sucesos celestiales últimamente. Los días de la dinastía Han están contados y solo el Primer Ministro puede tomar el mandato del Cielo; de la misma forma en que el rey Shun sucedió al rey Yao y el rey Yu sucedió a Shun[168]. Era el deseo del Cielo y de los hombres.

—¿Cómo podría osar tener tales deseos?—dijo Dong Zhuo.

—Desde tiempos antiguos, aquellos que carecen de virtud, se inclinan ante los que la poseen, aquellos que dominan el Camino, triunfan sobre los que no. ¿Cómo puede uno escapar de su destino?

—Si como has dicho el Mandato del Cielo recae en mí, tú serás recordado como el padre fundador de una nueva era—dijo Dong Zhuo sonriendo.

Wang Yun se lo agradeció. Entonces trajeron luces y despidió a todos los sirvientes salvo a aquellas que servían el vino y la comida.

—Me temo que no soy capaz de ofreceros música al nivel de vuestros oídos pero, si se me permite ser presuntuoso, hay en mi familia una danzarina que puede que te agrade.

—¡Excelente!—dijo el invitado.

Wang Yun ordenó descorrer las cortinas. El sonido del sheng[169] inundó la sala y las sirvientas rodearon a Diao Chan mientras bailaba junto a las cortinas. Este poema ha sido escrito en honor de Diao Chan:

En tiempos ancestrales la señora de Zhaoyang[170],
Grácil como un ganso en pleno vuelo, hábil danzaba sobre la palma de
una mano.
¿Quién era capaz de decir que no volaba sobre el lago Dongting?
Y ahora con un movimiento de la mano se oye la antigua canción,
Mientras ella camina con suavidad sobre el loto.
El viento de la primavera agita la fragancia de las flores,
Y en la ornamentada sala ni siquiera el incienso puede detenerlo.

Y hay otro poema que dice así:

Vuela al ritmo de los crótalos, un cisne frenético.
Cejas negras maquilladas que consternan al viajero.
Quebrados los corazones de los hombres de antaño ante su rostro.
Una sámara no compra su sonrisa, mil piezas de oro tampoco.
¿Para qué adornar sus brazos si ya son como ramas de sauce?
La danza termina y aún tratan de vislumbrarla tras los cortinajes.
Quién arderá ante ella como lo hizo el rey de Chu[171].

El baile terminó. Dong Zhuo ordenó que se acercara y así lo hizo Diao Chan, inclinándose según venía. Dong Zhuo estaba conmovido por su belleza y gracia.

—¿Quién es esta chica?—preguntó.

Una danzarina y cantante de nombre Diao Chan.

—¿También puede cantar?

Wang Yun ordenó cantar a Diao Chan y así lo hizo, suavemente al ritmo de los crótalos.

> *Abre sus labios de cereza, y de entre sus dientes perlados,*
> *Surge la Nieve Blanca en un día de primavera[172].*
> *Pero el lila de su lengua esconde una espada de acero,*
> *Y puede cortar en dos a los malvados y traer el caos a los ministros.*

Dong Zhuo no podia dejar de elogiarla. Wang Yun la ordenó servir vino al invitado. Dong Zhuo cogió la copa de sus manos y preguntó su edad:

—Tengo 28 años.

—¡Qué divina que eres!

—Si al Primer Ministro no le importa—se alzó Wang Yun—, pensaba ofereceros a esta muchacha.

—¿Cómo podría pagaros semejante regalo?—respondió Dong Zhuo.

—Ella sera mucho más feliz a vuestro servicio.

Dong Zhuo se lo agradeció una y otra vez. Wang Yun ordenó preparar un carruaje para que Diao Chan fuera entregada al Primer Ministro. Él se encargaría de que así fuera.

Poco después Dong Zhuo se fue y Wang Yun lo escoltó a su residencia personalmente. Ya se encontraba de vuelta a casa cuando, a medio camino, vio dos hileras de linternas rojas. Se trataba de Lu Bu, montado a caballo y llevando consigo su alabarda. Al ver a Wang Yun se detuvo y dijo con furia:

—Me prometiste a Diao Chan y ahora se la entregas al Primer Ministro. ¿Qué clase de juego es éste?

Wang Yun lo detuvo.

—Éste no es el mejor sitio para hablar. Te ruego que me acompañes a casa.

Así que se fueron juntos y Wang Yun condujo a Lu Bu hasta sus aposentos privados.

Tras intercambiar formalidades, Wang Yun comenzó a hablar:

—¿Cuál es mi falta, General?

—Me han dicho que has enviado a Diao Chan al palacio del Primer Ministro en un carruaje. ¿Por qué?

—Por supuesto que no lo entiendes. Ayer, mientras estaba en la corte, el Primer Ministro me dijo que quería venir a mi casa a discutir ciertos asuntos. Por lo que me preparé para recibirle y mientras estábamos cenando me dijo: "He oído rumores de que le has prometido una mujer a mi hijo, Lu Bu. Temo que no estés de acuerdo y he venido a negociar contigo. También me gustaría verla". Cómo podía negarme. Ordené traer a Diao Chan. Entonces él dijo que era un día propicio y que se la llevaría para entregártela. Si es el Primer Ministro en persona quien me hace esta petición, ¿cómo podría negarme?

—No te culpo, Ministro del Interior—dijo Lu Bu—. Ha sido un malentendido. Te debo una disculpa.

—La chica tiene algunos efectos personales, me encargaré de que los recibas dentro de unos días.

Lu Bu le dio las gracias y se fue. Al día siguiente, Lu Bu fue al palacio a descubrir la verdad, pero no consiguió ninguna información. Entonces entró directamente en uno de los cuartos y preguntó a una sirvienta.

—Anoche el Primer Ministro compartió la cama con una mujer nueva y aún no se ha levantado—fue su respuesta.

Lu Bu estaba furioso y se dirigió a la alcoba de Dong Zhuo para verlo por sí mismo.

En ese momento Diao Chan se acababa de levantar y se peinaba junto a la ventana. De pronto vio el reflejo de un hombre en el estanque que había cerca de la ventana. Era Lu Bu. Diao Chan frunció el ceño como si la asaltase la mayor de las preocupaciones y se enjugara las lágrimas con un pañuelo de seda.

Lu Bu la observó durante mucho tiempo.

Al poco tiempo entró. Para entonces Dong Zhuo estaba sentado en el recibidor. Cuando vio a Lu Bu le preguntó si había alguna novedad.

—Ninguna—fue la respuesta.

Lu Bu esperó mientras Dong Zhuo desayunaba. Mientras estaba junto a su señor, vislumbró tras las cortinas una mujer que lo miraba amorosamente medio oculta. Lu Bu sabía que era Diao Chan y comenzó a perder la compostura. Dong Zhuo vio su expresión y comenzó a sospechar.

—Si no hay nada más, puedes retirarte—dijo Dong Zhuo.

Lu Bu obedeció malhumorado.

Desde la llegada de Diao Chan, Dong Zhuo no pensaba en otra cosa que no fuera el sexo. Durante más de un mes descuidó los asuntos de estado. Cuando Dong Zhuo cayó enfermo, Diao Chan lo atendió sin descanso. Esto agradó aún más a Dong Zhuo.

Un día Lu Bu fue a ver cómo estaba, pero Dong Zhuo estaba durmiendo. Diao Chan se inclinó en la cama y miró a Lu Bu. Apuntó a su corazón con una mano, la otra a Dong Zhuo y entonces comenzó a llorar. Lu Bu tenía el corazón roto. Dong Zhuo abrió los ojos y vio a su hijo observando algo. Se dio la vuelta y vio que era Diao Chan.

Dong Zhuo estaba furioso.

—¡Cómo osas cortejar a mi amante!

Ordenó a sus sirvientes que lo echaran del cuarto.

—¡Desde ahora no se le permite la entrada!

Lu Bu se fue a casa con el corazón lleno de odio y amargura. En el camino se encontró a Li Ru y le contó lo sucedido.

Rápidamente Li Ru fue a ver a Dong Zhuo con estas palabras:

—Primer Ministro, si aspiras a gobernar todo el imperio, ¿por qué culpar al general por una falta tan nimia? Si se rebela contra ti, todo estará perdido.

—¿Qué puedo hacer?—preguntó Dong Zhuo.

—Convócalo ante ti mañana mismo y ofrécele bellas palabras junto a regalos de oro y seda.

Así lo hizo Dong Zhuo. Al día siguiente mandó llamar a Lu Bu y con tono conciliador le dijo:

—Ayer estaba enfermo e irritable. Si mis palabras fueron hirientes, espero que me perdones.

Entonces le entregó tres katis[173] de oro y veinte rollos de brocado de seda. Lu Bu se lo agradeció y se fue. Y aunque su cuerpo seguía con los seguidores de Dong Zhuo, su corazón estaba con Diao Chan.

Tras recuperarse de su enfermedad Dong Zhuo volvió a la corte a discutir los asuntos oficiales. Y Lu Bu lo seguía como siempre con su alabarda en la mano. Cuando vio que Dong Zhuo hablaba con el Emperador Xian, armado como estaba, aprovechó para salir de palacio y entrar en la residencia del Primer Ministro. Ató su caballo a la entrada y, alabarda en mano, entró en busca de Diao Chan.

Ella le dijo que se reuniese con él en la parte de atrás del jardín. Allí esperó Lu Bu, apoyado sobre la barandilla del Pabellón del Fénix.

Tras una larga espera, Diao Chan apareció. Se deslizaba con gracia entre los sauces y las flores. Era tan exquisita como las hadas que habitan la luna.

—Aunque no soy la hija carnal del Ministro del interior—dijo ella llorando—, siempre me ha tratado como a una de sus hijas. Y cuando me unió a ti todos mis deseos se vieron colmados. Pero ahora… quién iba a pensar que el Primer Ministro me iba a mancillar como su concubina. Ya no deseo vivir, pero lo he hecho porque deseaba despedirme de ti. Ahora, ya puedo acabar con mi vida. Mi cuerpo ya ha sido usado así que no le puede servir a un héroe como tú. ¡Puedo morir ante tus ojos y demostrarte mi lealtad!

Cuando terminó de hablar, se agarró a la barandilla y se preparó para saltar en el estanque cubierto de lotos. Lu Bu la agarró entre sus fuertes brazos con lágrimas en los ojos.

—¡Lo sabía! ¡Siempre supe lo que escondía tu corazón! ¡Siento que no haya sido capaz de hablar contigo antes!

Diao Chan extendió los brazos alrededor de Lu Bu.

—Si no puedo ser tu esposa en esta vida, me gustaría encontrarme contigo en la siguiente.

—Si no puedo convertirte en mi esposa, no soy un héroe.

—Cada día aquí se hace tan largo como un año. ¡Apiádate de mí y rescátame!

—Solo he robado unos instantes para venir a verte, pero me temo que el viejo rebelde empezará a sospechar. He de irme—dijo Lu Bu.

Diao Chan rasgó su ropa.

—Si temes al viejo rebelde, entonces no hay esperanza para mí después de todo.

Lu Bu no se movió.

—Dame algo de tiempo para preparar un buen plan.

Y recogió su alabarda para partir.

—Tu nombre es conocido hasta en los recluidos aposentos de las mujeres. Yo creía que eras un hombre que superaba a los demás, ¡cómo podría imaginarme que te conformarías con estar subyugado a otros!— dijo Diao Chan llorando de nuevo.

La vergüenza cubrió el rostro de Lu Bu. Apoyó la alabarda contra la barandilla, y se dio la vuelta para abrazarla. Trató de consolarla lo mejor que pudo con bellas palabras. Ambos se abrazaron con fuerza temblando de la emoción sin ser capaces de decirse adiós el uno al otro.

Pero volvamos con Dong Zhuo que se encontraba en palacio. Cuando se dio la vuelta y no vio a Lu Bu, su corazón se llenó de sospechas y rápidamente abandonó al Emperador. Montó en su carro y volvió a su residencia. Cuando llegó vio que Liebre Roja se encontraba atada enfrente de la casa, así que preguntó a los guardias que le dijeron que el general había entrado. Despidió a los sirvientes y se dirigió a sus aposentos. Lu Bu no estaba allí.

Llamó a Diao Chan pero no aparecía, así que preguntó a una sirvienta.

—Diao Chan está en el jardín trasero mirando a las flores.

Dong Zhuo fue al jardín y allí vio hablando a los amantes en el Pabellón del Fénix. La alabarda de Lu Bu estaba apoyada en la barandilla tras ellos.

Dong Zhuo gritó de rabia. Los amantes quedaron paralizados. Lu Bu se giró y al ver quién era, huyó. Dong Zhuo cogió la alabarda y corrió tras él. Pero Lu Bu era más rápido y Dong Zhuo estaba demasiado gordo para atraparlo. Arrojó la alabarda. Lu Bu la esquivó y cayó al suelo, donde Dong Zhuo volvió a recogerla para continuar la persecución. Mas Lu Bu se encontraba demasiado lejos. Dong Zhuo corría a la puerta del jardín cuando chocó con otro hombre que estaba corriendo y cayó al suelo.

Exhudaba ira hasta el mismo cielo,
cuando de pronto su grueso cuerpo acabó en el suelo.

En breve sabremos quién era el otro corredor.

Capítulo 9

Lu Bu ayuda a Wang Yun a acabar con el tirano
Siguiendo el consejo de Jia Xu, Li Jue asalta la capital

Así que volvamos con la persona que había chocado contra Dong Zhuo. No era otro que su consejero, Li Ru. Li Ru ayudó de inmediato a Dong Zhuo y lo llevó a la biblioteca donde lo ayudó a sentarse.

—¿Qué haces aquí?—preguntó Dong Zhuo.

—Acababa de llegar a las puertas de tu residencia, cuando me enteré de que habías ido al jardín en busca de Lu Bu. Entonces apareció tu hijo gritando que querías matarle y vine lo más rápido que pude para interceder por él cuando me topé contigo por accidente. Espero que me perdones, sin duda merezco la muerte.

—¡No puedo tolerar que ese traidor trate de adueñarse de mi amada concubina! Lo mataré.

—Excelencia, eso sería un error. Muchos siglos atrás, cuando Jiang Xiong en un banquete trató de congraciarse con la consorte del rey Zhuang de Chu[174], el rey no lo tuvo en cuenta. Más tarde, cuando el mismo rey estaba rodeado por el ejército de Qin, el mismo Jiang Xiong le salvó la vida. Diao Chan no es más que una mujer, mientras que Lu Bu es tu mejor general. Primer Ministro, deberías aprovechar la oportunidad para entregar a Diao Chan a Lu Bu. Él te estaría eternamente agradecido. Te ruego que lo consideres cuidadosamente.

Dong Zhuo permaneció callado durante mucho tiempo.

—Pensaré sobre ello, dijo finalmente.

Li Ru le dio las gracias y se fue. Dong Zhuo entró en sus aposentos e hizo llamar a Diao Chan.

—¿Tienes una aventura con Lu Bu?—preguntó directamente.

Diao Chan comenzó a llorar.

—Estaba contemplando las flores en el jardín cuando él llegó. Estaba asustada y quise irme, pero él me dijo que era tu hijo y que no debía evitarlo. Llevaba consigo su alabarda, y me hizo ir al Pabellón del Fénix. Sabía que sus intenciones no eran buenas y temía lo que pudiera hacerme. Así que traté de arrojarme al estanque de los lotos pero me agarró y no podía hacer nada. Fue entonces cuando viniste y me salvaste la vida.

—Supón que te entrego a él, ¿qué harías?—dijo Dong Zhuo.

Diao Chan se apartó de él y dijo entre sollozos:

—¿Qué crimen he cometido para que desee librarse de mí? ¡Prefiero morir que sufrir la humillación de ser la esclava de ese hombre!

Entonces cogió una daga que colgaba de la pared.

Dong Zhuo se la arrebató de las manos.

—¡Solo bromeaba!

Diao Chan cayó entre los brazos de Dong Zhuo y enterró su cara en el pecho.

—Tiene que ser idea de Li Ru—dijo llorando—. ¡Lu Bu y él están muy unidos! No se preocupa por tu reputación, o mi vida. ¡Sería capaz de devorarlo crudo!

—¿Cómo podría perderte?—la tranquilizó Dong Zhuo.

—Aunque sé que es pedir demasiado, me temo que no puedo permanecer aquí por más tiempo. Si no tarde o temprano Lu Bu vendrá a por mí.

—Mañana te llevaré a Meiwo, allí seremos felices sin tener de qué preocuparnos.

Diao Chan dejó de llorar y, postrándose ante Dong Zhuo, le dio las gracias.

Li Ru volvió al día siguiente.

—Hoy es un día propicio para enviar a Diao Chan con Lu Bu—dijo él.

—Mi relación con Lu Bu es la de un padre con un hijo, no puedo hacer eso—le contestó Dong Zhuo—. Pero no volveré a mencionar sus faltas. Cuéntale mis intenciones y consuélalo con bellas palabras, eso será más que suficiente.

—¡No deberías permitir que esa mujer te domine!

El rostro de Dong Zhuo se enrojeció de ira.

—¿Acaso le entregarías tu esposa a Lu Bu? En cuanto a Diao Chan, será mejor que no vuelvas a mencionar el tema, porque si lo haces ordenaré que te corten la cabeza.

Li Ru se fue, miró a los cielos y sollozó.

—Vamos a morir por culpa de una mujer.

Generaciones posteriores, tras estudiar este episodio, compusieron un poema:

Ni lanzas, ni flechas, ni soldados.
Bastaba una bella mujer para un plan brillante.
Tres batallas en Paso del Tigre, vano esfuerzo;
Pues todas las odas hablan del Pabellón del Fénix.

Ese mismo día Dong Zhuo dio orden de partir a Meiwo. Todos los miembros de la corte fueron a verle partir. Desde su carruaje, Diao Chan vio a Lu Bu entre la multitud. Diao Chan cubrió su rostro como si llorara incontrolablemente. Cuando Diao Chan se había perdido en la distancia, Lu Bu montó en su caballo y subió a una colina. Desde allí contempló el polvo que dejaba el carruaje y suspiró.

—General, ¿por qué no acompañas al Primer Ministro en lugar de lamentarte desde aquí?—preguntó de pronto una voz tras él.

Se trataba del Ministro del Interior, Wang Yun.

—He estado en casa enfermo durante unos días—continuó Wang Yun una vez cara a cara—, así que no he podido verte. Pero hoy el Primer Ministro parte a Meiwo y no he tenido más remedio que venir. Me alegro de haberos encontrado aquí, General. ¿Pero por qué suspiras así?

—Para ser sinceros, es debido a tu hija—dijo Lu Bu.

Wang Yun fingió estar sorprendido.

—¿Aún no se la ha entregado después de tanto tiempo?

—El viejo rufián se ha enamorado de ella.

—¡No puede ser cierto!—dijo Wang Yun fingiéndose aún más sorprendido.

Lu Bu le contó toda la historia. Wang Yun la escuchó en silencio mientras golpeaba el suelo. Finalmente dijo:

—¡Cómo podía saber que el Primer Ministro era semejante bestia!—cogió a Lu Bu por la mano— Ven conmigo, tenemos mucho de que hablar.

Lu Bu lo siguió hasta su residencia. Una vez allí, Wang Yun lo llevó a una cámara secreta. Tras tomar un refrigerio, Lu Bu le contó en detalle lo ocurrido en el Pabellón del Fénix.

—¡El Primer Ministro ha mancillado a mi pequeña y te la ha robado; sin duda será un objeto de burla ante el mundo entero! ¡Aunque mucho más se burlarán de nosotros! Yo ya soy viejo y poca cosa puedo hacer. Por desgracia para ti, General, sufres esta humillación a pesar de ser un héroe sin igual.

Golpeando la mesa, Lu Bu rugió ciego de ira. Wang Yun trató de calmarlo.

—¡Mataré a esa sabandija! Solo así podré limpiar mi nombre.

—¡No digas semejantes cosas!—dijo Wang Yun poniendo su mano sobre la boca de Lu Bu—. Me implicarás a mí y a mi familia.

—¡Un gran hombre no puede vivir durante mucho tiempo bajo la impronta de semejante bestia!

—Siendo honestos, con tus habilidades, no eres alguien que pueda estar sujeto por el Primer Ministro—dijo Wang Yun.

—De no ser por mis deberes con él como hijo suyo, acabaría con esa sabandija. Pero temo lo que pueda pensar la posteridad de mí.

Wang Yun sonrió.

—Tu apellido es Lu, el suyo es Dong, ¿acaso él cumplía sus deberes paternales cuando te arrojó esa alabarda?

—De no ser por tus palabras, nunca habría podido reparar mi error.

Wang Yun vio que su discurso hacía efecto. Y continuó.

—General, sería sin duda una muestra de lealtad si restauraras la dinastía Han. La historia te exaltaría como a un ministro leal. En cambio si continúas apoyando a Dong Zhuo, no serás más que un traidor y tu nombre será recordado como sinónimo de infamia.

Lu Bu se levantó de su asiento e hizo una reverencia de gratitud.

—He tomado una decisión, no tienes nada que temer, Ministro del Interior.

—Pero si fallas sería un gran desastre para ti.

Lu Bu sacó el cuchillo que llevaba en el cinturón y rasgó su brazo, dejando que la sangre fluyese.

Wang Yun cayó de rodillas ante él y se lo agradeció.

—Si la casa de Han perdura, será sin duda gracias a tus esfuerzos. Pase lo que pase esto debe permanecer en secreto. Cuando llegue el momento, te haré saber qué plan seguir.

Lu Bu se fue emocionado.

Wang Yun invitó al asistente de ministro Shisun Rui, y a Huang Wan, Comandante al cargo de la ley y los trabajos públicos, para discutir qué hacer a continuación.

—Es un momento propicio—dijo Shisun Rui—. Su majestad ha estado enfermo hace poco, podemos enviar a alguien a Meiwo para que convenza a Dong Zhuo de que venga a discutir asuntos de estado con el Emperador. Al mismo tiempo deberíamos obtener un edicto secreto que autorice a Lu Bu a preparar una emboscada a las puertas de palacio para acabar con Dong Zhuo en cuanto entre. Yo creo que es el mejor plan posible.

— ¿Quién irá?—dijo Huang Wan.

—El Capitán de caballería, Li Su—dijo Shisun Rui—. Es de la misma región que Lu Bu y odia a Dong Zhuo por no promoverlo. Si lo enviamos, Dong Zhuo no sospechará nada.

—Excelente—dijo Wang Yun.

Invitaron a Lu Bu para discutir los detalles.

—Hace unos años, Li Su fue el que me convenció de matar a mi padre adoptivo. Si no acepta esta misión, lo mataré—dijo Lu Bu.

Enviaron a alguien en busca de Li Su.

Cuando Li Su llegó, Lu Bu dijo:

—Varios años atrás me convenciste de que matara a Ding Yuan y me uniese a Dong Zhuo. Ahora veo que Dong Zhuo se burla del Hijo del Cielo y oprime al pueblo. Ha cometido tal cantidad de maldades que es odiado por dioses y hombres. Debes llevar este edicto imperial a Meiwo para que Dong Zhuo vuelva a palacio. Cuando lo haga, mis tropas acabarán con él. Con esto ayudaremos a la casa de Han y seremos recompensados por nuestra lealtad, ¿qué opinas?

—Hace mucho que deseo librarme de él—fue la respuesta— Pero nunca conseguía encontrar a alguien que me ayudara. ¿Cómo podría dudar ni por un instante?

Entonces Li Ru rompió una flecha en dos para sellar su promesa[175].

—Si tienes éxito, conseguirás sin duda un puesto de prestigio—dijo Wang Yun.

Al día siguiente Li Su cabalgó hasta Meiwo acompañado de una pequeña escolta. Allí anunció que era el portador de un edicto del Hijo del Cielo. Dong Zhuo dio órdenes de que lo trajeran ante su presencia. Después de que presentara sus respetos, Dong Zhuo preguntó el contenido del edicto imperial.

—El Hijo del Cielo se ha recuperado de una enfermedad y desea que la corte se reúna en palacio para discutir su abdicación a favor del Primer Ministro. Ésta es la razón de que haya sido enviado.

—¿Y qué piensa de ello Wang Yun?—preguntó Dong Zhuo.

—El Ministro del Interior ya ha ordenado la construcción de una plataforma de la abdicación—dijo Li Su—. Tan solo falta la llegada de su excelencia.

—Anoche soñé que un dragón cubría mi cuerpo, ¡y ahora llegan estas estupendas noticias!—dijo Dong Zhuo complacido—. No puedo desaprovechar semejante oportunidad.

Entonces ordenó a sus generales de confianza que protegiesen la ciudad.

Li Jue, Guo Si, Fan Chou y Zhang Ji tomarían bajo su mando a tres mil hombres de la caballería de los osos voladores, mientras él regresaba a la capital ese mismo día.

—Cuando sea emperador, te pondré al cargo de la capital—dijo Dong Zhuo a Li Su.

Li Su se lo agradeció y declaró su lealtad.

Dong Zhuo fue a despedirse de su madre. Por aquel entonces tenía más de noventa años.

—¿A dónde vas, hijo mío?—dijo ella.

—Me voy a aceptar la abdicación de los Han, vas a convertirte en la Emperatriz Viuda.

—Últimamente tiemblo de ansiedad. Me temo que es un mal augurio.

—Estás a punto de convertirte en la madre de la nación—dijo Dong Zhuo—, ¿cómo puedes sentirte insegura?

Se despidió de ella sin hacer caso de sus palabras. Cuando se iba, le dijo a Diao Chan:

—Cuando sea Emperador, serás mi concubina principal.

Diao Chan fingió ser feliz y le dio las gracias.

Dong Zhuo montó en su carruaje e inició su viaje a Changan con una poderosa escolta. Apenas habían avanzado 30 li[176] cuando se rompió una de las ruedas de su carruaje. Dong Zhuo continuó a caballo pero tan solo 10 li más tarde el caballo comenzó a relinchar hasta que rompió su brida.

—¿Qué tipo de presagios son estos? El carruaje ha perdido una rueda y la brida del caballo se ha roto—le dijo Dong Zhuo a Li Su.

—Deberías aceptar la abdicación, es lo que dice el presagio. Lo viejo ha de dejar sitio a lo nuevo. Desde ahora montarás en el carruaje imperual de jade o en una silla de oro.

Dong Zhuo creyó estas palabras.

Durante el segundo día de viaje se levantó una terrible tormenta y el cielo quedó cubierto con una niebla oscura.

—¿Qué tipo de presagio es éste?—preguntó Dong Zhuo.

Li Su también tenía una interpretación para eso.

—Su excelencia va a ascender al Trono del Dragón. Así que los rayos y la niebla implican la forma celestial de vuestra persona.

Dong Zhuo no tuvo más dudas.

Finalmente llegaron a las afueras de la ciudad y numerosos oficiales los esperaban en la puerta, todos salvo Li Ru que estaba enfermo y no era capaz de abandonar sus aposentos. Dong Zhuo se dirigió a su palacio, en el camino se encontró a Lu Bu que lo esperaba para darle la enhorabuena.

—Cuando sea el Emperador, tú supervisarás las tropas de toda la nación.

Lu Bu le dio las gracias y permaneció toda la noche en frente de su tienda. Aquella noche una docena de niños cantaban y jugaban en los suburbios de la ciudad. El viento llevó la canción hasta la tienda de Dong Zhuo.

La hierba se extiende por mil li[177], ¡mira que verde es!
Pero espera diez días, y no se verá ni una sola hoja.

El canto estaba cargado de melancolía, pero una vez más Li Su encontró una interpretación alegre:

—Solo sugiere que es el fin de la familia Liu, mientras que la familia Dong está en auge.

A la mañana siguiente, justo al amanecer, Dong Zhuo se preparó para aparecer en la corte. De pronto vio a un monje taoísta, vestía de negro y llevaba un turbante blanco. En la mano portaba un largo cayado con una larga pieza de tela blanca atado a él. Al final de la tela había dibujado la palabra "boca"[178].

—¿Qué significa todo esto?—preguntó Dong Zhuo.

—No es más que un loco—dijo Li Su y mandó a la guardia para que alejasen al monje.

Cerca de la corte imperial, Dong Zhuo se encontró a todos los ministros vestidos con sus mejores galas. Todos le dieron la enhorabuena. Li Su escoltaba el carruaje, espada en mano. Cuando llegaron a la puerta norte de palacio, no se permitió entrar a los soldados de Dong Zhuo. Solo una veintena de ellos y los que se encargaban de atender el carruaje pudieron entrar. A lo lejos Dong Zhuo pudo ver a Wang Yun junto a los otros y vio que todos ellos portaban espadas.

—¿Por qué están armados?—preguntó Dong Zhuo sorprendido.

Li Su no contestó pero continuó empujando el carruaje. De pronto Wang Yun gritó.

—El traidor está aquí, ¿dónde están los soldados?

Un centenar de hombres aparecieron por ambos lados, iban armados con alabardas y lanzas. Dong Zhuo llevaba su armadura por lo que no fue seriamente herido, aunque cayó del carruaje.

—¿Dónde está Lu Bu?—gritaba.

Lu Bu apareció detrás del carruaje.

—¡Aquí estoy y con un edicto imperial que me ordena acabar con los rebeldes!

Lu Bu atravesó la garganta de Dong Zhuo con su alabarda. Entonces Li Su le cortó la cabeza y la alzó.

Lu Bu sostenía su alabarda con la mano izquierda y el edicto con la mano derecha.

—¡De acuerdo con el edicto imperial, hemos exterminado a Dong Zhuo, el resto carece de importancia!—gritó.

—¡Larga vida a Lu Bu!—aclamaron todos los presentes.

Generaciones posteriores escribirían un poema lamentando el destino de Dong Zhuo:

> *El momento adecuado y un déspota puede ser emperador*
> *O si no, al menos ser un hombre rico.*
> *¿Quién iba a decir que la voluntad del Cielo es tan injusta?*
> *Meiwo acaba de ser construida y ya iba a ser demolida.*

Se despertó el ansia de sangre.

—¡El que ayudó a Dong Zhuo en su tiranía—gritó Lu Bu—, no fue otro que Li Ru!

Li Su se ofreció voluntario para ir a buscarlo pero justo entonces se oyeron gritos en la puerta. Al parecer los sirvientes de Li Ru lo traían atado. Wang Yun ordenó que lo ejecutaran públicamente en la plaza de la ciudad.

El cuerpo de Dong Zhuo fue mostrado por las calles. Era tan grasiento que los soldados que lo portaban pusieron una llama en su ombligo y con eso iluminaron su camino. La grasa se desparramaba por el suelo. De los cientos de ciudadanos que pasaron cerca ni uno solo dejó de arrojarle piedras y golpear su cuerpo con los pies.

Wang Yun ordenó a Lu Bu, Huangfu Song y Li Su que partieran a Meiwo con 50.000 hombres para hacerse cargo de las posesiones de Dong Zhuo y encargarse de su familia…

Pero volvamos con Li Jue, Guo Si, Zhang Ji y Fan Chou. Al conocer la muerte de Dong Zhuo y la llegada del ejército de Lu Bu, huyeron a Liangzhou con la caballería de los osos voladores.

Cuando Lu Bu llegó a Meiwo, lo primero que hizo fue tomar a Diao Chan a su cargo. Huangfu Song ordenó que liberasen a todos los jóvenes que habían sido obligados a permanecer en la ciudad. Entonces mataron a todos los miembros de la familia Dong, hombres y mujeres, niños y ancianos. Incluso la madre de Dong Zhuo fue asesinada. Su hermano Dong Min y su primo Dong Huan fueron decapitados y expuestos en las calles. En Meiwo hallaron inmensas cantidades de oro, plata y quién sabe cuántas joyas, platos y reservas de grano.

Cuando regresaron a informar de su éxito, Wang Yun recompensó a los soldados y organizó un banquete en la misma sala en la que se discutían los asuntos oficiales. Los ministros bebieron y brindaron alegremente.

Durante el banquete alguien vino a informar de que un hombre lloraba sobre el cadáver de Dong Zhuo.

—No hay nadie que no se regocije por la muerte del tirano—dijo Wang Yun enfurecido—. ¿Quién se atreve a llorar por él?

Wang Yun ordenó que lo arrestaran.

Enseguida lo apresaron y todos se quedaron sorprendidos al ver que era el leal Cai Yong[179].

—¿Porqué lloras por un traidor? Dong Zhuo ha muerto y toda la nación se regocija, en cambio tú que eres un ministro de Han, lloras por él—dijo Wang Yun.

—¿Cómo podría apoyar a Dong Zhuo y traicionar a mi país? Aunque no soy un hombre de talento todavía sé distinguir entre el bien y el mal. Pero fue amable conmigo y no puedo evitar velar por él. Sé que he cometido una grave ofensa pero te ruego que consideres las circunstancias. Si me tratas como a un criminal y me cortas los pies o me tatúas la frente, podré continuar mi labor como historiador de los Han y limpiar mi nombre.

Todos se apiadaron de Cai Yong porque sabían que era un hombre de

186

talento y suplicaron por su vida.

El Gran Tutor Ma Midi intercedió por él en secreto.

—Cai Yong es un famoso erudito, si le dejamos terminar la historia de la dinastía Han será sin duda glorioso. Más aún, es conocido por su piedad filial. Si lo matamos sin pensar, me temo que perderemos el apoyo del pueblo.

—En el pasado el emperador Wu perdonó a Sima Qian[180] y le permitió terminar sus anales. Como resultado, numerosas mentiras se han transmitido de generación en generación. Estos son tiempos tumultuosos, no podemos permitir que un ministro desleal utilice su pincel e impresione al joven Emperador—respondió Wang Yun.

Viendo que era inútil, Ma Midi se fue. Pero le dijo a los demás ministros en privado:

—¿Acaso no piensa Wang Yun en sus descendientes? Solo las personas virtuosas son el sostén de un sistema legal, y solo la adecuada etiqueta es el sostén de la ley de una nación. Si acabamos con el sistema legal y abandonamos las leyes, ¿cómo sobrevivirá la nación?

Wang Yun era obstinado y no escuchó los consejos de Ma Midi. Cai Yong acabó en prisión y fue ahorcado. Cuando los oficiales supieron lo ocurrido todos ellos compartieron lágrimas, pues si bien Cai Yong no había actuado correctamente, ejecutarlo era excesivo. Un poema lamenta estos hechos:

> *Dong Zhuo era un tirano sin compasión*
> *Mas por qué un sirviente leal ha de morir.*
> *Mientras, en la oscuridad de Longzhong,*
> *Zhuge Liang[181] mantenía paz y dignidad,*
> *Y a ningún ministro renegado sirvió.*

Pero volvamos con Li Jue, Guo Si, Zhang Ji y Fan Chou. Tras escapar más allá de las montañas enviaron un mensajero a Changan para pedir una amnistía.

—Esos cuatro fueron precisamente los que ayudaron a Dong Zhuo a extender su poder—dijo Wang Yun—. Pienso asegurar una amnistía general, salvo para ellos.

El mensajero regresó e informó a Li Jue de su audiencia con Wang Yun. Li Jue no vio más esperanza que la huida. Pero su consejero Jia Xu no era de la misma opinión.

—Si cada uno de vosotros abandona las armas y huye, hasta el gobernador de una aldea podría apresaros. Será mejor que convoquemos a los habitantes de la región para atacar Changan y vengar la muerte de Dong Zhuo. Si tenemos éxito, controlaremos la corte. Habrá tiempo de sobra para huir si fallamos.

Li Jue aceptó su consejo. Así que extendió el rumor por la provincia de Xiliang[182] de que Wang Yun iba a masacrar a todos sus habitantes. Una vez que el pueblo estaba dominado por el pánico fueron un paso más allá.

—¡No merece la pena morir en vano, rebelaos y uníos a nosotros!

Todo el mundo se presentó voluntario y pronto reunieron un ejército de más de 100.000 hombres. Dividieron el ejército en cuatro grupos y partieron a Changan. Por el camino se encontraron al yerno de Dong Zhuo, Niu Fu, que avanzaba con otros cinco mil hombres. Niu Fu pretendía vengar a su suegro, así que se unió a Li Jue al mando de la vanguardia. El ejército continuó su avance.

Cuando Wang Yun se enteró de la llegada de aquel ejército, llamó a Lu Bu.

—¡No son mejores que hormigas! No hay de qué preocuparse, Ministro del Interior—contestó Lu Bu.

Entonces ordenó a Li Su que organizara un ejército. Li Su tomó la iniciativa y causó una matanza hasta que se encontró con Niu Fu. El ejército de Niu Fu fue incapaz de resistir su ataque por lo que tuvo que huir. Pero tomando ventaja de las victorias de Li Su, lo atacaron por sorpresa esa misma noche. El ejército de Li Su, desprevenido, tuvo que huir más de 30 li[183] y perdió la mitad de sus hombres.

Cuando Li Su fue a ver a Lu Bu, éste estaba furioso.

—¡Has mancillado mi reputación como guerrero!—dijo Lu Bu.

Li Su fue decapitado y su cabeza expuesta a la entrada del campamento.

Al día siguiente Lu Bu marchó contra Niu Fu. No fue capaz de hacerle frente y tuvo que huir de nuevo. Esa misma noche, Niu Fu llamó a Hu Chier, su hombre de confianza.

—Lu Bu es demasiado poderoso para nosotros, no hay esperanza—dijo Niu Fu—. Será mejor que cambiemos de bando y huyamos con el oro, las joyas y unos pocos seguidores.

Los dos traidores reunieron todos los bienes de valor y abandonaron el campamento. Estaban a punto de cruzar un río cuando Hu Chier mató a su compañero y se adueñó de las riquezas. Entonces se presento ante Lu Bu con la cabeza de Niu Fu. Cuando Lu Bu se enteró de la historia ordenó que lo ejecutaran.

Lu Bu marchó de nuevo contra los rebeldes y se encontró con las fuerzas de Li Jue. Sin darle tiempo a formar para la batalla, Lu Bu cargó con su alabarda a todo galope. El ejército de Li Jue no fue capaz de soportar el asalto y tuvo que retirarse más de 50 li[184]. Li Jue acampó al pie de una montaña y convocó un consejo. Guo Si, Zhang Ji y Fan Chou acudieron.

—Aunque Lu Bu es valiente no es tan formidable como parece. Carece totalmente de nociones de estrategia. Así que con mi ejército bloquearé la entrada del valle y todos los días lo incitaré a luchar. El general Guo Si se encargará de flanquear a Lu Bu y llegar hasta su retaguardia. Emularemos las tácticas de Peng Yue cuando rodeó al ejército de Chu[185]. El sonido de los gongs implicará avanzar, el de los tambores retirarse. Fan Chou y Zhang Ji se dirigirán a Changan en dos direcciones distintas. Lu Bu será incapaz de proteger a la vez la cabeza y la cola de su ejército y será completamente derrotado.

Todos acataron el plan.

Volvamos con Lu Bu que había detenido su ejército en la base de la montaña. Li Jue avanzó con sus tropas y lo desafió. Lu Bu atacó con furia pero el enemigo se retiró a la montaña y cayeron sobre él flechas y piedras hasta que le resultó imposible avanzar. Justo en ese momento llegó un mensajero informando de que Guo Si los estaba atacando por la espalda. Lu Bu se dio la vuelta pero entonces retumbaron los tambores y Guo Si se retiró. Apenas hubo Lu Bu reorganizado a su ejército, sonaron los gongs y Li Jue volvió a atacar. Antes de que Lu Bu pudiera enfrentarse al enemigo, Guo Si atacó de nuevo su retaguardia, retirándose una vez más al sonido de los tambores en cuanto Lu Bu llegó. El general temblaba de rabia.

Pasaron varios días y siempre se producía el mismo resultado. Lu Bu no era capaz de luchar ni de retirarse.

Lu Bu aún estaba dominado por la ira, cuando llegó un mensajero al galope. Los ejércitos de Zhang Ji y Fan Chou atacaban la capital desde dos puntos diferentes y estaba a punto de caer. Lu Bu dirigió su ejército a la capital con Li Jue y Guo Si atacando su retaguardia. Lu Bu se concentró en regresar y tuvo cuantiosas pérdidas. Pronto llegó a Changan, pero los rebeldes eran innumerables y rodeaban los muros y el foso. El ejército de Lu Bu estaba en desventaja y muchos de los hombres de Lu Bu, temiendo su ira, cambiaron de bando.

Lu Bu cayó en una grave depresión. A los pocos días, Li Meng y Wang Fang que formaban parte de los últimos seguidores de Dong Zhuo en la ciudad, ayudaron a los rebeldes y abrieron las puertas. Los ejércitos rebeldes entraron por los cuatro costados. Lu Bu luchó desesperadamente pero era incapaz de contener al enemigo. Tomó consigo a unos cientos de jinetes hasta las puertas de palacio y llamó a Wang Yun:

—¡La situación es desesperada! ¡Ministro del Interior, huyamos a un lugar seguro!

—Si soy capaz de proteger las tablas ancestrales y restaurar la paz, cumpliré mis deseos—dijo Wang Yun—. Si no queda otro remedio, prefiero morir a manos del enemigo. No soy el tipo de persona que cuando se enfrenta a una crisis compromete sus principios. Por favor, agradece a todos los que están más allá del paso por sus esfuerzos, ¡se han mostrado inagotables a la hora de defender la nación!

Lu Bu trató de convencerlo una y otra vez pero Wang Yun no cambiaba de parecer. Pronto las llamas inundaron la ciudad. Lu Bu no tuvo más remedio que abandonar a su familia. Partió con sus jinetes a buscar refugio con Yuan Shu.

Li Jue y Guo Si permitieron a sus tropas saquear indiscriminadamente y muchos ministros cayeron en aquel día de calamidad. Chong Fu, Ministro de ceremonias, Lu Kui, Ministro de los cocheros, Zhou Huan, heraldo, Cui Lie, Capitán de las puertas de la ciudad, Wang Qi, Capitán de la caballería ligera, todos muertos.

Rápidamente los bandidos rodearon los jardines del palacio imperial, por lo que los sirvientes del emperador le rogaron que subiese a la Puerta de Xuanping[186] y tratase de lidiar con ellos. Cuando Li Jue y los demás vieron el toldo amarillo del Emperador, todos ellos gritaron:

—¡Larga vida al Emperador!

El Emperador se apoyó en el muro.

—¿Cómo es que entráis en la capital sin haberos convocado? ¿Cuáles son vuestras intenciones, nobles hombres?

—Dong Zhuo, Primer Ministro de su Majestad, ha sido asesinado por Wang Yun sin ninguna justificación y venimos por venganza, no como rebeldes—dijeron Li Jue y Guo Si mirando hacia arriba—. Todo lo que queremos es ver a Wang Yun y entonces retiraremos nuestras tropas.

Wang Yun se encontraba tras el Emperador.

—Hice lo que hice por el bien de mi país. Llegados a este punto, su Majestad no debería sacrificar el bien del país por mi persona. Solicito descender y encontrarme con los líderes rebeldes.

El Emperador dudaba lleno de pena. Wang Yun saltó de la puerta de

Xuanping.

—¡Yo soy Wang Yun y aquí estoy!

Li Jue y Guo Si desenvainaron las espadas y hablaron con brusquedad.

—¿Qué crímenes cometió el Primer Ministro para merecer la muerte?

—Los crímenes de Dong Zhuo son incontables. Cuando lo ejecutaron fue un día de alegría en toda la ciudad. ¿Acaso sois los únicos que no lo sabían?

—Incluso si Dong Zhuo era culpable, ¿cuál era nuestra parte en sus crímenes que no podíamos ser perdonados?

Wang Yun los maldijo.

—¡No pienso seguir explicándome ante unos rebeldes! ¡Al fin y al cabo hoy solo puedo esperar la muerte!

Los bandidos alzaron sus espadas y mataron a Wang Yun. Un historiador ha escrito un poema en honor a Wang Yun, dice así:

Indignado por el sufrimiento de su pueblo,
Preocupado por su Emperador,
Wang Yun planeó la muerte del tirano Dong Zhuo.
Héroe sin parangón bajo el cielo,
Leal como sus constelaciones,
Por siempre su alma permanecerá en el Pabellón del Fénix.

Después de matar a Wang Yun, los rebeldes acabaron con toda su familia. Todos los habitantes de Changan, lloraron por su destino.

—Ya que hemos llegado tan lejos—comenzaron a pensar Li Jue y Guo Si—, podríamos pensar a lo grande y acabar con el Hijo del Cielo.

E irrumpieron en palacio con las espadas en la mano.

El principal ministro ya ha pagado por sus crímenes,
Pero apenas se ha enfriado su cuerpo, cuando los secuaces planean más
calamidades.

El destino del Emperador, se descubrirá en el próximo capítulo.

Y en el próximo volumen…

Los señores de la guerra

En los capítulos que van del 5 al 9 tenemos ante nosotros los capítulos más importantes de esta parte de la novela. En las siguientes páginas se va a establecer la dinámica que va a dominar al libro hasta el capítulo 30. Para explicar la situación hace falta volver a los capítulos anteriores.

La introducción ha terminado, el poder del Emperador no se mantiene ni de forma aparente. Dong Zhuo aprovechó la oportunidad y tomó el poder por la fuerza de las armas entrando con su ejército en la capital. Cualquiera podría haberlo hecho pero fue él quién tuvo la visión o la desfachatez para hacerlo. Con el apoyo de toda una provincia y el control de la corte, Dong Zhuo fue capaz de mantener el poder durante bastante tiempo y a lo largo de su administración China se expande hasta Corea.

Pero Dong Zhuo no ha tomado para sí el título de emperador. Hay que recordar que es la primera vez en tres siglos que cae una dinastía y los eventos descritos en esta novela solo pueden ser comparados con la caída del Imperio Romano. Al igual que los reinos bárbaros que aseguraban servir al Imperio Romano cuando no quedaban emperadores en Roma, en aquel momento en China la lealtad al estado y a la dinastía era incuestionable. Es aquí donde comienza el difícil equilibrio que establece las normas del juego. El emperador no tiene poder pero sus decretos son órdenes y es él quien otorga los cargos y títulos nobiliarios. Solo en su nombre pueden los señores de la guerra rebelarse o simular obedecer. Controlar al emperador implica disponer de legitimidad y ser capaz de controlar a parte de los señores de la guerra aunque sea con un territorio limitado.

Pero la pérdida de poder del Emperador crea a su vez un nuevo mundo de oportunidades que no pocos están dispuestos a aprovechar. En las asambleas del capítulo 5 vemos el tipo de personajes que caracterizan la novela durante la fase inicial de esta lucha:

- Tenemos por un lado a los hermanos Yuan, provenientes de una familia respetable que sirve a la dinastía desde hace generaciones y con amplias posesiones. Son ambiciosos, pero su ambición está limitada por las viejas costumbres, solo admiten a aquellos hombres de respetado linaje. Resumiendo, representan a la vieja guardia, pero no aquella que ocupa los puestos de la corte y no tiene más poder que sus títulos, sino a la nobleza terrateniente.

- Por otro lado están Cao Cao, Sun Jian, Lu Bu y los demás señores de la guerra. Son hombres que se adaptan a los tiempos y que juzgan a los demás por sus capacidades. Pueden unirse a un bando o a otro según sus necesidades. Su poder es limitado, pero no tienen las restricciones de la vieja guardia. Al principio los terratenientes se sirven de ellos, pero pronto aprenderán que, en un mundo sumido en el caos, solo los profesionales (de la guerra) sobreviven. Dentro de este grupo están los tres hermanos con Liu Bei a la cabeza. Su fuente de poder es la virtud y su deseo es restaurar la gloria de la dinastía. No tienen apenas posesiones ni riquezas, pero sí una tremenda fuerza de voluntad. Moralmente ocupan un puesto más elevado que Cao Cao en la novela, pero en realidad pertenecen a su mismo grupo.

- Después tenemos a toda la gama de cargos oficiales que, como Wang Yun y algunos de los gobernadores provinciales, deben su existencia a un sistema caduco. Acatan el sistema imperial, pero al igual que su emperador no tienen ningún tipo de base territorial o militar que los apoye. Su única posibilidad es la intriga palaciega, y la realizarán con mayor o menor éxito.

Otra razón por la que estos capítulos son muy importantes es porque establecen de forma definitiva las reglas aplicables a las batallas a lo largo del libro. Son combates brutales, cargados de artimañas y centrados en la lucha entre los líderes y héroes de cada bando. Desde un punto de vista literario esto no es sorprendente: la épica siempre se ha basado en las acciones individuales de héroes concretos, pero esta vez hay una base histórica para ese tipo de narración.

Tal y como vemos en la novela, según el imperio Han se va desintegrando, la lucha y las movilizaciones de tropas son cada vez más frenéticas. No hay tiempo para el entrenamiento, así que los ejércitos son poco más o menos que alianzas de bandas centradas en un líder. Es el líder, el héroe en la novela, el que recluta, lucha y da ejemplo. Basta su muerte para que su grupo desaparezca. En su artículo *Man from the Margin: Cao Cao and the Three Kingdoms*, el Dr. Rafe de Crespigny nos introduce precisamente a este problema táctico que no sería resuelto hasta el fin de las guerras civiles.

Por último, se puede notar en estos capítulos el esfuerzo del autor. Tanto en el enfrentamiento de los tres hermanos contra Lu Bu, como en la aparición de Diao Chan, el autor pone un gran énfasis en la descripción de los acontecimientos.

Sobre la traducción

Esta es y será la traducción de una persona adicta al mundo de los Tres Reinos a partir de la traducción en inglés de C.H. Brewitt-Taylor cuyos derechos de autor expiraron hace tiempo. No hay ninguna editorial detrás de esta traducción, por lo que el proceso no siempre es tan rápido o adecuado como desearía. La versión utilizada, con permiso, es la de www.threekingdoms.com . Aunque sí he intentado que la traducción sea lo más fiel posible al original, para lo cual me ha ayudado mucho la versión de wikisources del Romance de los Tres Reinos, que en numerosas ocasiones es una traducción literal del original mucho más coherente que la online pero con un estilo más pobre. He contado para ello con la inestimable ayuda del foro Scholars of Shen Zhou, que han resuelto todas las dudas que tenía sobre el libro mirando los originales chinos.

Para la trascripción de los nombres chinos he empleado el pinyin, salvo para algunos en los que el nombre latinizado es tan común que no merece la pena emplear el original chino, como es el caso de Confucio o el Tao. Podría ser que por error algunos de estos nombres estén en otro tipo de trascripción ya que he usado diferentes fuentes, sobre todo para la introducción histórica. Igual que podría ser que cuando he trabajado en ordenadores con el corrector ortográfico conectado algunos nombres se hayan convertido en palabras sin sentido. He tratado de corregir estos errores, pero como sé de sobra por mi empleo, siempre, siempre hay errores. Trataré de corregirlos según avanza el tiempo.

Antiguamente en China todas las personas recibían dos nombres: el nombre común y el de cortesía. He seguido el método de www.threekingdoms.com de emplear sólo los nombres comunes para acortar un poco el texto y porque son los nombres empleados hasta ahora en videojuegos y cómics por lo que hay más probabilidades de que los lectores los conozcan. Pero he añadido en las notas a pie de página los nombres de cortesía que aparecen en el libro.

Si algo me ha hecho sufrir ha sido la traducción de los poemas. He seguido las recomendaciones de Alberto Moravia y Girolamo Mancuso en su traducción de los poemas de Mao Tse Tung de 1975. Su idea es simple y realista: no hay nada que hacer salvo improvisar. Es imposible mantener la métrica china, es absurdo mantener la métrica inglesa y cualquier doble sentido que yo fuese capaz de captar del original chino, iba a ser difícil de trasladar al español. Así que he tratado de mantener el significado dándole un toque oriental. No siempre he estado inspirado.

En general he seguido el estilo épico y a la vez sencillo de la traducción al inglés de C.H. Brewitt-Taylor, tratando de buscar la información que muchas veces se saltaba para mantener el estilo, y añadiéndola si la he considerado relevante. Según muchos lectores ingleses su estilo está desfasado. Tiene sentido teniendo en cuenta la diferencia de tiempo, pero he sentido mucho más la emoción de los duelos de Lu Bu en sus palabras que en cualquiera de las otras versiones.

Agradecimientos

Bueno, es difícil dar las gracias a todos los que se lo merecen, porque son muchos los que han colaborado en la creación de esta obra. En orden cronológico he de de dar las gracias a threekingdoms.com por darme la posibilidad de leer el libro por primera vez, y por permitirme usar sus mapas , a Koei por darme permiso para usar sus imágenes, a David Burvarona por apoyar esta idea en su momento más loco, cuando casi no sabía ni inglés y soñábamos con vender productos japoneses en todo el globo, a David Pérez por leerse el primer borrador, a los foreros de Scholars of Shen Zhou por prestarme sus conocimientos de chino cuando los míos no eran suficientes; a mi hermana, Elisa, y a mis amigos de toda la vida por recordarme que soy un friki y por último a Diana Gutiérrez por ayudarme a hacer esto realidad, ya que fue ella la que me enseñó qué se podía hacer con la tecnología. Y por supuesto a María Gay Moreno por no acojonarse viva cuando le propuse corregir un libro de semejantes dimensiones.

Un abrazo fuerte a todos.

Únete a la lucha

Ayúdanos a mejorar la traducción del libro y a terminarla. Sé uno de nuestros mecenas en Patreon:

https://www.patreon.com/ricardocebrian?ty=h

Mapas

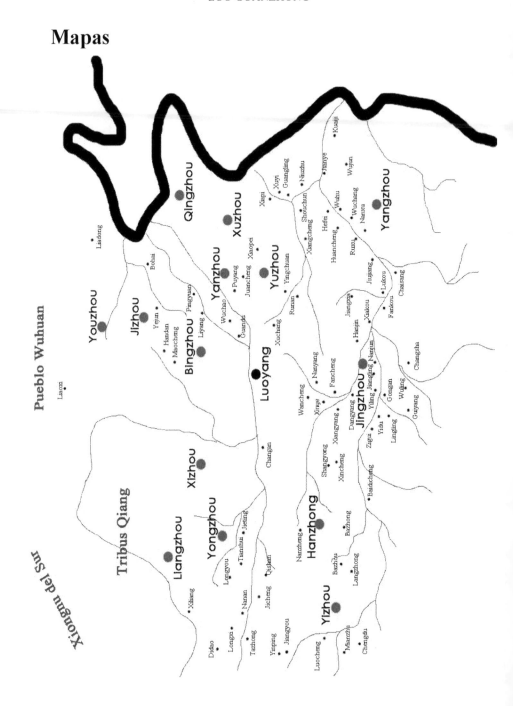

Provincias de la
dinastía Han

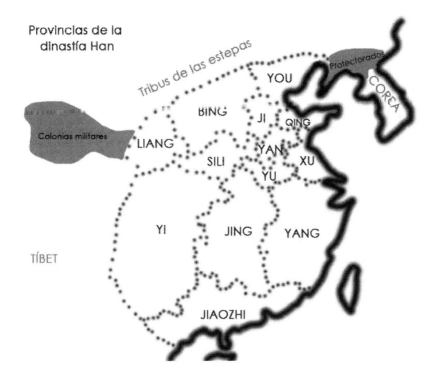

Señores de la guerra (190 d.C.)

China-260 a.C.

Notas

[1] Según la leyenda, Liu Bang mató una serpiente blanca gigante de aliento venenoso. Al día siguiente, se encontró a una anciana llorando. Cuando Liu Bang le preguntó por qué lloraba, ella contestó: "Mi hijo, el hijo del emperador blanco, ha sido asesinado por el hijo del emperador rojo". El rojo era el color de la dinastía Han.

[2] 202 a.C.

[3] Mediados del siglo II d.C.

[4] 大將軍, *da jiangjun,* literalmente "gran general", es un título que proviene de la época de los Reinos Combatientes.

[5] 168 d.C., nótese que el calendario chino está establecido en meses lunares.

[6] Actual provincia de Hebei

[7] 太平經 , *Taiping Jing,* tuvo una gran influencia en el taoísmo posterior. De sus 170 capítulos, solo 57 sobrevivieron y fueron recopilados en el Daozang, alrededor del año 400. La Gran Paz (*Taiping,* 太平), fue el tema central de numerosas rebeliones a lo largo de la historia de China, la última de ellas en pleno siglo XIX.

[8] 184 d. C esta fecha es importante. Zhang Jue pensaba que con el comienzo del siguiente ciclo sexagenario, el Cielo Amarillo sustituiría al Cielo Azul en el gobierno del mundo, con lo que comenzaría la era de la Gran Paz.

[9] 州 o zhou, sistema de divisiones administrativas creada en la dinastía Han y que pervivió hasta la actual república china. Este sistema y/o el nombre que lo acompañaba fue empleado también en Corea y Japón, varias regiones actuales como Honshū en Japón o ciudades como Guangzhou en China, le deben la parte final del nombre. En inglés son traducidas como "provincias" hasta la dinastía Tang y "prefecturas" tras esta.

[10] Uno de los diez sirvientes.

[11] De ahí el nombre de la rebelión

[12] Según el libro medía 7 chi o 1,73 metros. Dado que el capítulo ya está lleno de medidas, he decidido dejar las alturas para más tarde. 1,73 m era una gran altura hasta tiempos recientes tanto en Asia como en Europa.

[13] 157-141 a.C.

[14] En el original, los tres hermanos se presentan como "de la familia Liu, de nombre Bei y mi nombre de cortesía es…". Hasta época reciente el nombre se utilizaba para uno mismo y sus mayores. Se tenía un nombre de cortesía para los de la misma generación, cartas... etc. Este nombre es el empleado en la mayor parte del libro por muchos de los personajes. Por economía de medios y para simplificar, los nombres de este libro son por lo general los más conocidos, aunque se añadirán notas con los de cortesía.

[15] 劉備, Liu Bei. Nombre de cortesía 玄德, Xuande, usa los caracteres de misterio y virtud.

[16] La piedad filial es una de las virtudes que Confucio defendía.

[17] 天子, *tianzi,* emperador

[18] 張飛 Zhang Fei, de nombre de cortesía Yide, 益德, literalmente guardián de la virtud.

[19] 江湖, *Jianghu.* Este término nace en la misma época que el Romance en la novela "A la orilla del agua". En esta novela se crearía el entorno para las futuras historias wuxia (de espadas). Literalmente significa "ríos y lagos" y expresa una comunidad o ambiente en el que la ley y el orden han perdido su razón de ser y los personajes fugitivos o marginados son los verdaderos héroes.

[20] El *tael,* 兩 era una medida aplicada para el oro y la plata, su peso ha ido cambiando con el tiempo pero es aproximadamente 40g

[21] 斤, medida tradicional china, su peso es de aproximadamente 600g

[22] Aquí se refieren al 镔铁, *bintie,* éste era un tipo de hierro refinado, conocido por su dureza y empleado en la fabricación de armas aunque no se conoce con exactitud su composición.

[23] 劍, el arma a la que se refieren se llama *jian*, una espada de doble filo que es empleada en China desde la antigüedad, es un arma típica de las películas wuxia como "Tigre y Dragón"

[24] Esta arma es un *guandao*, supuestamente inventada por Guan Yu y que consiste, en términos sencillos, en un palo de lanza unido a una espada curva. Es poco probable que Guan Yu usase esta arma y menos de semejante peso (más de 40 kilos). De ella deriva la naginata japonesa.

[25] 4 metros

[26] Esta parte es un poco confusa, pero parece que Zhou Jing lidera el resto del ejército

[27] Debido a las numerosas guerras de la época, no hubo tiempo de entrenar ejércitos completamente profesionales. Las batallas se producían entre ejércitos sin entrenamiento, que huían a la primera señal de problemas y dependían completamente del líder. Por supuesto, también hay razones narrativas para estos finales abruptos.

[28] 里 literalmente "aldea" es una medida tradicional china, equivalente a 500 metros, en este caso se retiraron unos 15km.

[29] Dice así: "Preparó un divino inspirado plan, dos tigres debían ceder paso a un dragón. Sus hazañas todavía legendarias, a pesar de ser novatos, es simplemente natural que él divida su trípode ding, y comparta las piezas con los huérfanos y los desamparados." El trípode ding es donde desde tiempos inmemoriales se sitúan las ofrendas sólidas para los ceremoniales. Estos sacrificios fueron realmente importantes durante la dinastía Shang y el trípode quedó como símbolo de poder.

[30] Cao Cao, 曹操 nombre de cortesía Mengde, 孟德

[31] Actual Bozhou

[32] La persona en este puesto se encontraba al cargo del distrito norte de una ciudad. Era un puesto humilde, de no ser porque era en la capital.

[33] Al contrario que en la Europa medieval, sobre todo al contrario que las

costumbres españolas durante muchos siglos, en China el estado era el encargado de la seguridad de sus ciudadanos que en numerosas ocasiones no podían ir armados.

[34] En condiciones normales sería considerada una promoción, si bien dado la lejanía del puesto se puede inferir que el eunuco consiguió que Cao Cao abandonase la capital.

[35] 卻說, *queshuo*, Una forma típica de cambiar de personajes y que viene a decir: "Hablemos por un momento sobre…"

[36]中郎将, *zhonglangjiang* según el diccionario de títulos de Charles O Hucker

[37]董卓 Nombre de cortesía 仲穎, Zhongying, literalmente el segundo hijo, que es el inteligente.

[38]車騎將軍,*juji jiangjun o cheqi jiangjun*, título militar solo por debajo del de Comandante supremo.

[39] Liu Bang, primer emperador Han

[40]孫堅, de nombre de cortesía. Nombre de estilo, 文臺, Wentai, o mesa de escribir

[41] Más conocido en Occidente como Sun Tzu, autor del "Arte de la guerra"

[42] Actual Hangzhou.

[43] El área entre las actuales Xuyi y Xiapi

[44]四海, *sihai*, los cuatro mares, en la antigüedad se suponía que China estaba rodeada por cuatro mares, el término acabó significando en todas partes

[45] Actual provincia de Hebei

[46] 154-113 a.C., noveno hijo del emperador Jing de la dinastía Han y señor de Zhongshan

[47] En la actual provincia de Hebei.

[48] En la actual provincia de Shanxi.

[49]列侯 liehóu, este título se entregaba en la dinastía Han a los generales y funcionarios que no eran de la familia imperial como recompensa por sus servicios.

[50] Actual capital de la provincia de Hunan

[51] Región situada al norte de la ciudad de Tianjin.

[52]司徒 Situ, o Ministro de las Masas, uno de los tres cargos más importantes durante la dinastía Han del Este, conocidos como las Tres Excelencias.

[53] Estos tres condados se encuentran en la actual provincia de Shandong.

[54]太尉, taiwei, uno de los principales cargos de la antigua china, equivalente al ministro de defensa.

[55] El título de Emperatriz Viuda, 皇太后 taihou, era dado a las madres de los emperadores de China, Corea, Japón y Vietnam. En numerosos casos fueron las regentes durante la minoría de edad de sus hijos.

[56] El emperador Chong (143-145 d.C.) fue emperador durante apenas seis meses a la edad de un año. El emperador Zhi (138-146), fue su sucesor con siete años de edad. Ambos gobiernos estuvieron controlados por el corrupto Liang Ji, hermano de la Emperatriz Viuda Liang regente durante el mandato de Chong. Liang Ji envenenó al emperador Zhi cuando este protestó por sus abusos de poder.

[57]袁紹 , nombre de cortesía, Benchu 本初.

[58] De los poderes que recibe He Jin he encontrado tres traducciones diferentes en inglés, "Chair of the Secretariat", "Chief of staff" y "supervise the work of the Imperial Secretariat". Esta, tras preguntar a eruditos de kongming.net, parece ser la traducción más adecuada. (太后命何進參錄尚書事) supervisar el trabajo del Secretario Imperial. El Secretario Imperial se encargaba de la redacción de decretos, lo que significa que toda la administración civil ha de ser supervisada por He Jin.

[59]驃騎將軍, *piaoji jiangjun* o *piaoqi jiangjun*, cargo militar del mismo orden

que el General de carros y caballería.

[60] En señal de respeto.

[61] Esposa de Liu Bang, fundador de la dinastía, a la muerte de su esposo llevó el gobierno y puso a todos los miembros de su familia en el poder, quedando en la historia china como ejemplo de mujer manipuladora y con ansia de poder. Tras su muerte en el 180 a.C., su familia perdió el poder y fue exterminada.

[62] Primera página del libro.

[63] Al parecer el sarcasmo de He Jin se debe al hecho de que la familia de Cao Cao está bajo la protección de los eunucos, así al menos lo interpreta la serie china de 1994.

[64] Actual condado de Wuwong en la provincia de Shaanxi.

[65] En la actual provincia de Gansu.

[66] Otro nombre para Liangzhou, una de las nueve provincias en las que tradicionalmente estaba dividida China.

[67]Literalmente Shaanxi. Ésta es una provincia actual de China, vecina a la provincia de Gansu y seguramente bajo el control de Dong Zhuo.

[68] Provincia de Henan.

[69] Palacio Changle長樂宮, Changlegong, no confundir con el más famoso de la ciudad de Changan con el mismo nombre.

[70] La traducción literal de este título sería "Jefe del Registro"; 主簿 zhubu.

[71] La traducción más literal sería: Con la casa de Han en peligro y su mandato tocando a su fin, He Jin carece de estrategia a pesar de tener el poder de los tres ministros. Al no escuchar a sus ministros leales, era inevitable la afilada espada dentro de Palacio.

[72]青瑣門, Qingsuo Men, debe su nombre a que estaba decorada con remolinos unidos que semejaban una cadena.

[73] Al norte de Luoyang

[74] La canción hace referencia a la falta de poder real tanto del emperador como del príncipe de Chenliu, que posee el título de rey (陳留王) en el texto original.

[75] 傳國玉璽 *chuanguo yuxi*, literalmente el hereditario sello de jade imperial, fue creado a partir de un famoso trozo de jade en el 221 a.C. en la época del Primer Emperador (dinastía Qin). El jade del que fue construido, pertenecía al reino de Zhao. Al desaparecer la dinastía Qin el sello fue visto como un símbolo de legitimidad y pasó de dinastía en dinastía hasta que finalmente fue perdido en algún momento del siglo X al desaparecer la dinastía Tang.

[76] Dinastía Shang (1766-1222 a.C.)

[77] Ministro del rey Tang, fundador de la dinastía Shang. Sirvió al hijo del rey Tang, pero depuso a su nieto por sus numerosas faltas. Devolviéndole el trono tres años después, al convertirse en un modelo de conducta.

[78] Nombre de la legendaria tumba del rey Tang.

[79] Emperador de la dinastía Han durante 27 días (74 a.C.). Su primer acto como emperador, y también su primera falta, fue festejar en el palacio imperial, dejando el cadáver de su predecesor sin velar. Se dice que tantas fueron sus faltas que hasta su madre ayudó a deponerlo.

[80] La tablilla con su nombre fue retirada del palacio ancestral.

[81] (?-68 a.C.) Fue ministro de uno de los hijos del emperador Wu, conocido como uno de los más grandes emperadores de China.

[82] 呂布, de nombre de cortesía Fengxian (奉先) el que da ofrendas a sus ancestros

[83] 15 km.

[84] Aproximadamente 450 km.

[85] 14 kg.

[86] 2,3 m.

[87] 1,8 m.

[88] El más elevado de los cielos.

[89] Entre las 9-11 de la noche.

[90] 前將軍, *jiangjun*

[91] Provincia de Shaanxi

[92] 太傅 (tàifù) Importante cargo de la administración Han.

[93] Tío de Yuan Shao

[94] Septiembre del año 189.

[95] Estas tres relaciones provenientes del confucianismo son: soberano y súbdito, padre e hijo y marido y esposa.

[96] Tradicionalmente el emperador se sentaba en el lado norte de la sala, mientras que los súbditos se encontraban en el Sur.

[97] Los altos cargos disponían de tabletas de marfil como apoyo para tomar notas.

[99] En la actual provincia de Sichuan a cientos de kilómetros de la capital.

[100] Nombre de cortesía Bohe (伯和), literalmente con talento para mantener la paz.

[101] Año 190.

[102] Era costumbre quitarse los zapatos antes de las audiencias con el emperador.

[103] El río Luo, afluente del río amarillo, pasa por la capital Luoyang, donde estaba la residencia del emperador.

[104] La cama del emperador.

[105] En señal de que no había marcha atrás

[106] En la actual provincia de Gansu, vecina a Mongolia. Fue un importante enclave comercial durante siglos.

[107] 23 cm.

[108] En referencia a las siete gemas budistas

[109]萬戶侯: wanhuhou, título de la dinastía Han

[110]Este dicho chino, de significado evidente, proviene de las Memorias Históricas de Sima Qian (145 a.C.-90 a.C.)

[111]陳宮, nombre de cortesía Gongtai 公臺; literalmente plataforma de justicia.

[112] En Asia Oriental aunque los emblemas han sido importantes la mayor parte de sus banderas se caracterizan por aquello que dicen, desde el apellido de la familia hasta citas de los clásicos.

[113]樂進, nombre de cortesía Wenqian 文謙

[114]李典, nombre de cortesía Mancheng, 曼成

[115] (?—172 a.C.) Fue ministro y compañero de armas de Liu Bang, fundador de la dinastía Han. Y sirvió a varios de sus descendientes hasta la muerte.

[116]夏侯惇, nombre de cortesía Yuanrang, 元讓;

[117]曹仁, nombre de cortesía: 子孝; Zixiao, niño filial.

[118]曹洪, nombre de cortesía: 子廉, Zilian

[119] Huaxia, 華夏, nombre antiguo usado para referirse a las tribus de la llanura central china, y que con el tiempo vino a simbolizar en la literatura a China y su civilización.

[120] Nombre arcaico del condado de Pingyin en la provincia de Shangdong

[121] El Capítulo 1 termina con Zhang Fei a punto de atacar a Dong Zhuo pero Liu Bei se lo impide.

122 83 km

123 Antiguamente se utilizaban 5 colores (verde, rojo, blanco, negro y amarillo)

para indicar con banderas las cinco direcciones: Este, Sur, Oeste, Norte y Centro. Las banderas servían para coordinar los movimientos en las batallas.

124 Estos objetos representaban el inicio de una expedición, el hacha de guerra simbolizaba la autoridad de un alto cargo.

125 Al untar los labios con la sangre de un animal sacrificado se mostraba resolución en un juramento.

126 2,07 m

[127]程普, nombre de cortesía德謀 Demou, planes virtuosos.

[128] Este tipo de lanza era muy larga, de ahí el nombre de serpiente. Era un arma típica de la caballería.

[129]黃蓋, nombre de cortesía公覆 Gongfu, respuestas al público.

[130] Arma tradicional de las artes marciales que consiste en varias secciones de hierro unidas por una cadena con una punta afilada.

[131]韓當, nombre de cortesía義公, Yigong, el que sirve al pueblo correctamente

[132] Dao (刀) sable curvo tradicional chino, de un solo filo del que deriva la katana japonesa, que se escribe con el mismo carácter chino.

[133]祖茂 nombre de cortesía大榮, Darong, gran honor.

[134] Actual Hebei, estos sables eran famosos por ser más afilados y resistentes.

[135] Hulao Pass para los jugadores de Dynasty Warriors.

[136] 21 km

[137] Nombre alternativo de Yizhou, actual Sichuan.

[138] 12,5 km.

[139] Lu Bu tuvo dos padres adoptivos, Ding Yuan y Dong Zhuo, de ahí el insulto.

[140] Se suponía que las canciones y rimas infantiles predecían el futuro.

[141] El pueblo llano tenía prohibido cazar venados, porque estaban asociados a la

casa imperial.

[142] Wang Mang usurpó el trono y fundó una nueva dinastía. Los Cejas Rojas fue una rebelión campesina para acabar con él y restaurar la dinastía Han.

[143] Éste es uno de los capítulos en los que el libro difiere de la historia, aunque solo a medias. Xingyang se encuentra al oeste de Luoyang cuando Dong Zhuo está huyendo al Este. Sin embargo la batalla existió. La diferencia con los hechos reales es que Dong Zhuo no perdió Luoyang cuando trasladó la capital a Changan, por lo que el ataque a Xingyang era parte de la estrategia que Cao Cao diseñó para estrangular lentamente a Dong Zhuo. Pero sin el apoyo de los demás nobles Cao Cao fue completamente derrotado.

[144] La comida se preparaba en grandes calderos situados sobre enormes agujeros ventilados.

[145] Entre la 1 y las 3 de la mañana.

[146] Las tablas se utilizan para venerar a los ancestros y los dioses y se sitúan en aquellos lugares donde se supone que deben estar presentes. Se emplean en toda Asia Oriental, en diversos ritos como los funerales y se les suelen hacer ofrendas de comida e incienso.

[147] Se creía que neblinas blancas en las estrellas indicaban que se acercaba una guerra o una batalla.

[148] El sistema de constelaciones chino se agrupa en 31 regiones, que a su vez están agrupadas en tres recintos.

[149] Este grupo de estrellas tiene la forma de un palacio, por lo que las estrellas y constelaciones que lo forman tienen nombres de puestos en el palacio.

[150] Este sello, cuya existencia fue real, fue transmitido de emperador a emperador y de dinastía a dinastía hasta el fin de la dinastía Tang en el siglo X cuando se perdió sin dejar rastro.

[151] Bian He, del estado de Chu (800 a.C.) encontró una pieza de jade en las montañas Jing y se la presentó a dos reyes Chu.Pero fue condenado porque se creía que la piedra era falsa. Le amputaron los dos pies. Cuando un nuevo rey ocupó el trono, la piedra fue reconocida como el uno de las piezas de jade más puras jamás encontradas.

[152] 221 a.C.

[153] Lago que se encuentra entre las provincias de Hubei y Hunan, su importancia es tal que el nombre de estas provincias significa "al norte del lago" y "al sur del lago" respectivamente.

[154] Capítulo 2

[155] 劉表, nombre de cortesía Jingsheng, 景升, literalmente: sol naciente.

[156] Este personaje existió, aunque por razones desconocidas se le cambió el nombre en la novela. Su nombre original era Min Chun.

[157] 21 km

[158] 趙雲, nombre de cortesía 子龍 Zilong, literalmente niño dragón.

[159] 2 km.

[160] 太僕, taipu, encargado de los establos, caballos y carros del emperador y el ejército.

[161] 41 km

[162] Al sur de la ciudad.

[163] Probablemente tenía 36, ya que el sistema tradicional oriental para contar la edad añadía el período de embarazo.

[164] 103 km

[165] Ésta es una de las 36 estratagemas chinas, cuya idea es encadenar una serie de estrategias para conseguir un objetivo.

[166] Ministro del rey Tang, fundador de la dinastía Shang. Sirvió al hijo del rey Tang, pero depuso a su nieto por sus numerosas faltas. Devolviéndole el trono tres años después, al convertirse en un modelo de conducta.

[167] El Duque de Zhou fundó la dinastía Zhou (1050 a.C.) tras derrotar a la dinastía Shang. Se le consideraba un modelo de cómo se ha de gobernar, especialmente por los seguidores de Confucio.

[168] Los reyes Yao, Shun y Yu (2400-2200 a.C.) son los tres reyes ideales de la

Antigua China. Ascendieron al trono por sus méritos y virtudes y no por herencia. El rey Yu fundó la dinastía Xia.

[169] El sheng es uno de los instrumentos de viento más antiguos del mundo.

[170] Diao Chan ha sido comparada con la emperatriz Zhao Feiyan (32 a.C.-1d.C.), que vivía en el palacio de Zhaoyang. Su biografía fue incluida en la obra "Biografías de mujeres ejemplares" de Liu Xiang (18 d.C.)

[171] El rey Xiangqing de Chu tenía fama de mujeriego.

[172] Antigua canción que está considerada como una de las más complejas y hermosas de la historia.

[173] 斤, medida usada en Asia Oriental, alrededor de 220 gr. en aquel momento, alrededor de 600 hoy en día.

[174] Esta historia, aunque ligeramente diferente, proviene del libro "Historias del Jardín" de Liu Xiang. El rey Zhuang de Chu organizó un banquete en el cuál muchos acabaron borrachos. Las velas se apagaron de repente y uno de los presentes se propasó con su mujer, pero ella se quedó con la cuerda de su birrete y que si se acercaban podría saber quién había sido. El rey contestó que no podía culpar a nadie por estar borracho en un banquete organizado por él y ordenó que todo el mundo se quitara las cuerdas de sus birretes. Tres años más tarde, Jin y Chu se enfrentaron y uno de los presentes en la fiesta salvó la vida al rey. Éste confesó haber sido el que se propasó.

[175] Se suponía que si rompía la promesa, sufriría el mismo destino que la flecha.

[176] 12,47 km.

[177] El apellido Dong, 董, puede dividirse en tres radicales: 千里廾 mil li hierba. La canción implica que Dong Zhuo y toda su familia estarán muertos en 10 días.

[178] El cayado, la boca y la tela forman el nombre de Lu Bu en chino.

[179] Cai Yong era un ilustre ministro que dimitió ante las intrigas de los eunucos (capítulo 1), cuando Dong Zhuo tomó el poder convocó a Cai Yong por la fuerza para dar buena imagen (capítulo 4).

[180] Sima Qian (145-90 a.C.) es el equivalente chino de Herodoto. En el año 99 a.C. Sima Qian defendió públicamente al general Li Ling. Éste había caído en

desgracia ante el emperador Wu tras ser derrotado por las tribus xiongnu. Sima Qian fue castrado, lo que en la práctica equivalía a ser condenado a muerte, ya que el suicidio era considerada la única salida digna. Pero Sima Qian no se suicidó sino que completó la obra de su vida, el Shiji (史記), que cuenta la historia de China desde sus inicios e influyó en todas las obras de historia chinas posteriores hasta la época moderna.

[181] Zhuge Liang es uno de los protagonistas de la novela, que aparecerá más tarde.

[182] Otro nombre para Liangzhou

[183] 12,47 km

[184] 20,8 km

[185] Pang Yue (?-196 a.C.) fue uno de los generales de Liu Bang, el fundador de la dinastía Han. Ambos fueron amigos en su ciudad natal, Pei. Sus tácticas durante la batalla de Gaixia (202 a.C.) fueron cruciales para derrotar a Chu. Fue nombrado Rey de Liang.

[186] Ésta era la puerta norte de la antigua ciudad de Changan.

Made in the USA
Columbia, SC
29 March 2021